# 사랑을 전하는
# 크리스마스 이야기

평민사

# 사랑을 전하는 크리스마스 이야기

■

레이첼과 마리아
5

풀 하우스
23

내게 한 노래 있어
47

라모나, 양의 옷을 입고 나오다
63

아일랜드에서의 크리스마스
93

천사와 나그네들
105

해피 크리스마스!
129

# 레이첼과 마리아

사람들은 아버지가 목사님이라고 하면, 마치 하나님의 애완동물처럼 특별히 귀여움을 더 많이 받을 거라고 생각하는 경향이 있다. 하지만 레이첼은 결코 그렇지 않다는 것을 너무나 잘 알고 있었다.

하나님은 크리스마스 선물로 파워 게임기 한 세트를 얻은 제이슨 맥밀란이나 두 개의 새 인형까지 있는 바비 인형의 집을 받은 캐리 윌슨에 비해 레이첼을 더 사랑하지는 않으셨다. 물론 그녀가 인형의 집이나 게임기를 원했던 것은 아니지만 원칙을 따지자면 그렇다는 것이다. 캐리와 제이슨은 그들이 산타 클로스에게 원했던 것을 받았다. 레이첼이 산타에게 말을 원한다고 하자, 오빠 존과 언니 베스는 눈만 휘둥그래질 뿐이었다. 존과 베스는 각각 열세 살과 열한 살이었으며 자신들은 산타의 비밀에 대한 모든 것을 다 알고 있다고 생각하고 있었다.

"그러면 어디다가 말을 두니, 레이첼?"

엄마가 물었다. 엄마는 아기 데이비드의 기저귀를 갈아 주면서 레이첼에게는 별로 관심을 쏟는 것 같지 않았다.

"우린 교회 사택에 살고 있잖니. 너도 마당이 얼마나 좁은지 알 텐데."

"레이첼."

아빠가 제일 참을성 있는 목소리로 물었다.

"크리스마스가 정말로 뭔지 아니? 만일 네가 산타 클로스에 대해 생각한 것이 고작 그것뿐이라면, 중요한 무언가를 놓치고 있는 거란다."

레이첼은 가슴이 철렁 내려앉았다. 아빠가 그렇게 말할 때면 무슨 뜻인지 알기 때문이다. 그건 크리스마스 선물로 말은 안 된다는 소리였다. 물론 포니조차도 안 되는 거지.

목사님의 아이들은 결코 크리스마스에 좋은 선물을 받을 수가 없었다. 이젠 그런 것쯤은 알았어야 했는데. 지금껏 착하게 굴었든 나쁘게 굴었든 그건 상관이 없었다. 그레고리 오스틴은 지난 주일에 경고 장치를 가지고 장난을 쳐서 예배 도중에 소방차들이 달려오게 만들었다. 그래도 그레고리는 크리스마스 선물로 자기가 원하던 PC를 받을 거라고 그 애 아빠가 말했다. 레이첼의 아빠는 모든 사람들은 하나님의 종이 되어야 한다고 말했다. 예수님이 그러신 것처럼. 그러면서도 그는 선물에 대해서는 언급도 하지 않았다.

어쨌든— 좋은 선물은 없을 것이다. 레이첼은 거기에 대해서는 포기를 했다. 그러나 주일학교의 크리스마스 연극에서만큼은 중요한 역할을 맡았으면 했다. 지금까지 그녀는 2학년에서 제일 연기를 잘하는 배우였다. 게다가 매주 빠지지 않고 주일학교에 갔으며, 심지어는 감기가 걸려 코를 훌쩍거리면서도 갔다. 또 눈이 많이 내렸을 때도 그녀와 존, 베스만이 주일학교에 유일하게 참석했다.

"눈보라가 휘몰아쳐도 상관하지 않고 매주 주일학교에 간 아이들은 연극에서 좋은 역할을 맡아야 한다고 생각하지 않아?"

레이첼이 물었다.

"바보 같은 소리 하네. 우리는 교회 바로 옆집에 살고 있잖아."

오빠가 말했다.

"마당만 가로질러 가면 되는 걸 가지고 특별히 점수 따려고 생각하지 마."

"레이첼, 너는 목사님의 딸이야. 만일 네가 큰 역을 맡는다면 별로 좋아 보이지 않을 거야."

언니가 말했다.

"언니는 2학년하고 3학년 때 가브리엘 천사를 했었잖아."

레이첼이 언니에게 말했다.

"그건 다르지. 나를 빼고는 아무도 대사 전부를 외우지 못했거든. 우두머리 천사는 할 말이 많은 법이야. 게다가 내가 크게 말하면, 뒷줄에 앉아 있는 사람들까지도 정확하게 들을 수 있었어."

"나도 크게 말할 수 있어."

레이첼이 말했지만, 누구도 귀담아 들어 주지 않았다.

레이첼이 다섯 살 때 천사 역을 맡은 적이 있었는데 한마디로 끔찍했었다. 천사의 옷은 빳빳하면서도 얇고 가벼운 옷감으로 만들어졌는데, 무엇 때문인지 무척이나 몸을 가렵게 했다. 나중에 그 연극을 감독했던 맥라플린 부인이 모든 사람들 앞에서 그녀를 야단쳤다.

"레이첼 톰슨! 천사는 신비스러운 감이 있는 거야! 천사는 노래부르면서 긁적거리지 않는다. 그런데 너는 관중들이 천사를 보고 웃게 만들었어."

작년에는 맬라플린 부인이 감독 일을 쉬는 대신에 웨스트포드 선생님이 감독을 맡았었다. 선생님은 남녀평등을 신조로 삼았기 때문에 제일장로교회 역사상 처음으로 소녀들도 목동이나 현자의 역할을 맡을 수 있었다. 여자애들은 좋아했지만 남자애들은 화를 냈다. 그들은 가려움증을 일으키는 천사의 복장을 좋아하지 않았고, 많은 아버지들도 거기에 대해 불평을 했다.

그러나 레이첼은 그 바보 같은 남자애들보다 훨씬 더 목동의 역할을 잘 해냈다. 그녀는 성경에서 목동을 말할 때, 그것이 무엇을 의미하는지 잘 알고 있었다. 그건 '무언가를 두려워하는' 것을 포함하고 있었다. 천사가 목동들에게 나타나는 것을 보여 주기 위해 넬슨 선생님이 무대에 스포트라이트를 비추었을 때, 레이첼이 '무언가 두려워하는' 모습을 보여 주는 뜻으로 무대 앞으로 나아갔다.

"도와 주세요! 도와 주세요!"

그녀의 목소리는 맨 뒤에 앉은 사람들한테까지도 들릴 정도로 아주 컸다.

"저를 잡아가지 못하게 하세요!"

관중석에서 웃음이 터졌고, 가브리엘 천사와 다른 목동들과 천사들도 웃었다. 마리아는 너무 웃는 바람에 숨이 막혀서 요셉이 그녀의 등을 두드려 주어야 했다.

그녀의 아빠는 나중에 "크리스마스 이야기에 대한 아주 새로운 통찰력"이라고 말했고, 엄마는 "마음쓰지 마라, 얘야, 사람들이 너를 보고 웃은 건 아니란다"라고 해주었다.

그러나 그녀는 알고 있었다. 교회에 있는 사람 중 어느 누구도 그 이야기의 의미가 무엇인지 제대로 이해하지 못하고 있다는 것을…. 성경에서 '무언가 두려워하는' 등의 말을 할 때면 당신은 두려움을 느껴야 한다. 그 커다란 스포트라이트가 그녀를 비추었을 때, 레이첼의 몸은 떨렸다. 그녀는 자신이야말로 그런 사실을 느끼고 있는 유일한 아이라고 생각했다. 연극에서 비중 있는 역할을 맡고 있는 2학년과 3학년 학생들도 그것을 몰랐다. 만일 긁적거리는 천사가 있어서는 안 된다면, 너무나 크게 하품을 해서 편도선까지 트랙터를 몰고 갈 수 있을 정도로 입을 벌리는 요셉도 마찬가지로 없어야 하는 것 아닐까.

참 힘든 해였다. 거의 1년 동안을 엄마는 임신하고 있느라 피곤해했고, 드디어 데이비드가 태어났는데도 엄마는 더 피곤해지고 바빠진 것이다. 베스는 데이비드가 '이 세상에서 가장 귀여운 애' 라고 생각했다.

"내가 어렸을 때도 귀여웠어?"

레이첼이 언니한테 물었다.

"기억이 잘 안 나. 네가 많이 울었던 건 알고 있어. 그리고 네가 울 때면 정말로 얼굴이 빨개졌었거든."

그리고는 아기를 얼러 주려고 갔다.

존은 마냥 좋아하지는 않았지만, '드디어 남동생이 생긴 것이 얼마나 굉장한 일인가' 라며 허풍을 떨고 다녔다.

"여동생은 무슨 문제가 있단 말야?"

레이첼이 묻자, 존은 그냥 눈만 휘둥그래 뜨고 굴렸다.

이제 일 년 내내 즐거운 일이라고는 없었던 한 해의 막바지에 와있고, 크리스마스라고 해서 더 좋아질 것 같지는 않았다. 캐롤까지도 그녀가 원하는 것이 아니었다. 온통 데이비드의 도시에 관한 것이었다.

"엄마, 왜 우리는 레이첼의 도시라는 노래는 만들 수 없는 거야?"

그녀가 엄마한테 물었지만, 엄마는 그냥 웃기만 하고 데이비드에 관한 노래만 계속 불렀다.

"얘들아, 금방 깨달은 건데, 우리 모두의 이름이 크리스마스 이야기에 나온다는 거야. 데이비드, 엘리자베스, 존—."

"내 이름은?"

레이첼이 물었다.

"오, 너도 있지."

존이 말했다.

"나도 있어?"

"그럼, 그 구절은 기억할 수 없지만, 무슨 이야기에선가 레이첼이라는 이름을 가진 사람이 슬피 비탄에 잠겨 울었던 것이 생각난다."

"왜냐하면 헤롯 왕이 그녀의 아이를 죽였기 때문이야."

언니가 말했다.

그건 공평하지 않다. 다른 사람들은 크리스마스 이야기에서 다 좋은 사람으로 나오는데 레이첼만이 그렇지 않다니. 그래서 레이첼은 더욱더 이번 연극에서 좋은 역을 맡아야겠다고, 그래서 이번에는 절대로 북북 긁거나 고함치거나 울지 말아야겠다고 결심했다. 그래, 그녀는 마리아가 되어야 했다. 올해는 마리아를 해도 될 만큼 나이도 충분하고, 게다가 그녀는 2학년에서 가장 뛰어난 배우이지 않은가. 비록 목사님의 딸이긴 해도 맥라플린 부인이 그녀를 확실히 뽑아 줄 것이다. 주일학교에서 그 누구도 레이첼만큼 마리아를 잘 해낼 사람이 없다는 것을 보여 주기 위해, 그녀는 주일학교에서 좋은 학생이 되도록 노력했다.

게다가 동생 데이비드가 벌써 아기 예수로 정해졌으니, 그녀가 마리아가 되어야 하는 건 당연했다. 낯선 사람이 아기 예수의 엄마가 되면 분명히 아기가 무서워할 것이기 때문이다.

"자, 우리 교회에는 유치원생들과 3학년 학생들이 많아서 다행이구나. 이번 연극에 맡을 역이 많이 있거든."

"맥라플린 선생님?"

레이첼이 말했다.

"왜 그러니, 레이첼?"

선생님의 목소리가 조금 조급해 보여서, 레이첼은 빨리 말했다.

"제가 목사님의 딸이고, 어렸을 때는 가끔—."

"그래, 레이첼—."

"저, 제 동생이 아기 예수님으로 나오게 돼서 정말로 그 배역에 대해 연구를 좀 해봤는데요, 제 생각에는, 아기한테는 굉장한 일이고 하니, 저, 그의 누나가 마리아가 되는 것이—."

"그치만 이 연극에는 6학년 학생들은 안 나온단다. 레이첼, 엘리자베스는 너무 나이가 들었어."

"제 말은 엘리자베스가 아니구요, 선생님. 제가 어떤가 해서요?"

그러자 교실에 한바탕 웃음이 터졌다. 모든 사람들이 그녀를 보고 웃고 있었다! 레이첼은 얼굴이 빨개져서, "조용해!" 하고 소리쳤다.

"난 심각하단 말야. 나는 그 이야기를 누구보다도 잘 알고 있어. 그리고 아기 예수로 내 동생이 나오잖아!"

모든 아이들은 더 크게 웃었다. 게다가 꼬마 천사가 되어야 할 애들까지도 낄낄거리고 있었다.

"레이첼— 얘야—."

마침내 맥라플린 선생님이 교실의 학생들을 진정시킨 후 말했다.

"물론 너는 크리스마스 이야기를 잘 알고 있지, 너의 아빠께서 목사님이시기도 하고, 그러나 마리아는 매우 다른 역할이란다."

"난 할 수 있어요."

레이첼이 더듬거리며 말했지만, 벌써 소용이 없다는 것은 알고 있었다. 사람들이 마리아를 보고 웃으면 안 되는 것이다. 그리고 모든 사람들은 그녀가 전혀 눈에 띄게 굴지 않을 때도 그녀를 보기만 하면 웃었다.

"캐리."

맥라플린 선생님이 말했다.

"이번에 네가 마리아가 되는 것이 어떨까?"

캐리 윌슨이? 푸른 눈과 긴 금발 머리인 그 애는 전혀 마리아같아 보이지 않았다. 게다가 저 꾸미는 듯한 웃음이라니. 그 웃음은 그녀의 속을 불편하게 만들었다. 캐리 윌슨이 마리아를 하면, 플라스틱으로 만든 것같이 보일 것이다. 마리아는 주님의 시녀라 백화점의 인형처럼 보이면 안 될 텐데.

레이첼은 선생님이 각기 맡아야 할 배역에 대해 이름을 적어 나가고 있는 동안 거의 아무것도 들을 수가 없었다. 하다못해 그녀는 이번 연극에서 대사만 읊는 역할도 얻지 못했다는 것을 알았다. 맥라플린 선생님은 그녀를 좋아하지 않았고, 그녀를 좋아하는 사람은 아무도 없었다. 하나님까지도. 마침내 선생님은 배역 정하는 걸 다 끝내셨다.

레이첼은 선생님을 쳐다보았다. 그녀는 자신의 이름을 끝까지 들을 수가 없었다. 듣고 있지 않는 동안에 자신의 이름이 불려진 게 아닌가, 또 선생님이 뭔가 착각을 하고 있는가 해서, 말하고 싶지는 않았지만 그대로 있을 수가 없었다. 그녀는 손을 들었다.

"왜 그러니, 레이첼?"

"제 역할은—."

"오, 레이첼. 올해 너는 아주 중요한 역할을 맡았단다."

"제가요?"

"그럼, 너는 우리의 임시 대역배우가 될 거란다."

"우리의 뭐라구요?"

"너는 이 모든 이야기를 너무 잘 알고 있기 때문에, 우리의 배우 중 하나한테 무슨 일이 생길 것에 대비해서 대역으로 나와야 한단다."

"대역요? 그럼 제가 실제로 맡은 역은 없다는 말씀이신가요?"

"너는 모든 역할을 다 맡고 있는 거야. 예를 들면, 가브리엘이 감기가 걸려서 노래를 부를 수 없을 때 너는 우리의 가브리엘이 되는 거란다."

가브리엘로 뽑힌 3학년 제니퍼 로우즈가 레이첼에게 그런 일은 있을 수 없다는, 놀리는 듯한 표정으로 쳐다보았다. 제니퍼가 노래를 부르지 못할 일은 생기지 않을 것이다.

"아니면 만일—."

선생님은 캐리 윌슨에게 슬픈 미소를 지어 보이며 말했다.

"우리의 마리아가 갑자기 오하이오에 있는 할머니를 방문해야 한다면, 네가 연극에 들어와서 마리아가 되는 거란다."

"이번 크리스마스에는 할머니가 이리로 오신다고 했어요, 선생님."

캐리가 상냥하게 말했다. 레이첼은 바보가 아니었다. 그녀는 선생님이 무엇을 하고 있는지 알았다. 선생님은 레이첼을 중요한 역할에서 빼고 싶을 뿐만 아니라 아무 배역도 주지 않겠다는 뜻이었다.

레이첼은 다시는 절대로 주일학교에 가지 않겠다고 엄마한테 말했다.

"얘야, 말도 안 되는 소리구나."

엄마가 말했다. 물론 그녀는 주일학교에 갔다. 목사님의 아이들은 주일학교에 가야만 하는 것이다. 그것은 법이고 그 이상의 무엇이었다.

그런데 기적이 일어났다. 크리스마스 일 주일 전에, 깜찍한 푸른색의 가죽 부츠를 신고 있던 우리의 캐리 윌슨이 쇼핑센터의 얼음판에서 미끄러져 두 팔이 부러진 것이다. 두 팔을! 레이첼은 이 굉장한 큰 기쁨에 어쩔 줄을 몰랐다. 하나님은 그녀를 사랑하시는 것이다. 그래 하나님께서는 그러셨어! 한 팔만 다쳤다면 사고라고 하겠지만 두 팔이 다친 것은 역시 기적이었다. 맥라플린 선생님이 레이첼을 연극에서 빼기로 결정했든 안 했든, 하나님은 그녀를 연극에 나오게 하신 것뿐만이 아니고 가장 중요한 역할까지도 맡게 하셨다. 그녀는 주님의 시녀인 마리아가 될 것이다.

물론 그녀는 자신이 얼마나 기쁜지 누구한테도 말하지 않았다. 그런 티를 낼 정도로 그녀는 바보가 아니었다. 맥라플린 선생님이 그녀한테 전화를 걸어서 불쌍한 캐리를 대신해서 마리아를 해야겠다고 했을 때는 눈물이 나오긴 했다.

"최선을 다할게요, 맥라플린 선생님."

마리아가 그래야 하는 것처럼 조용하고 겸손하게 말했다.

그녀는 실제로 옷을 입고 연습하는 날은 일찍 가서, 맥라플린 선생님이 그녀에게 옷을 맞추어 볼 수 있도록 애썼다. 그건 완벽하게 맞았다. 사실 그건 누구한테나 잘 맞는 옷이었다. 그래도 선생님이 잘 맞는구나, 라고 인정하면서 한숨을 쉴 때, 그녀는 그것을 좋은 징조라고 여겼다.

"걱정 마세요, 선생님."

레이첼이 말했다.

"전 마리아 역을 아주 잘 해낼 수 있어요."

사실 연극에서 마리아는 말은 하지 않고 모든 사람들이 노래를 부르는 동안, 구유 안을 사랑스러운 눈길로 쳐다보며, 아기나 안아 주면 된다. 그러나 올해 그녀는 사람들을 웃게 할 어떤 짓도 하지 않겠다는 것을 선생님한테 확신시켜 주고 싶었다. 그녀는 이번에 아주 잘해서 내년에 다시 마리아를 맡아 달라고 선생님이 애원할 정도가 되어야겠다고 마음먹었다. 이번에 그녀가 잘하면, 교회는 마리아 역은 꼭 2학년이 해야 한다는 법을 고쳐서 레이첼이 자라서 대학교에 가고 아기를 가질 때까지도 그 역을 맡게 할 것이다.

"저녁을 일찍 먹어야 해요."

크리스마스 이브에 레이첼이 엄마한테 말했다.

"선생님께서 역할을 맡은 사람들은 예배 한 시간 전에 와야 한다고 하셨거든요."

"고맙구나! 음정도 안 맞는 노랫소리를 어떻게 한 시간이나 더 듣지."

오빠가 말했다.

그러나 레이첼은 그 말에 신경쓰지 않았다. 그녀는 너무 행복해서 찬양이 그대로 터져 나올 것 같았다. 게다가 그녀는 7시 전에는 가야 했다.

그녀는 하늘색의 옷을 입고 빈 구유를 내려다보면서 조용히 앉아 있었다. 아이들에게 고함을 치느라 목이 쉬어 버린 맥라플린 선생님이 현자들에게 마지막 지시를 내리고 있는데 갑자기 문이 열렸다.

"아니, 윌슨 부인. 캐리—."

선생님이 말했다.

레이첼이 놀라서 벌떡 일어났다. 어두워진 교회문 쪽에, 인조털로 가장자리를 두른 코트를 어깨에 두르고 양팔은 앞쪽에 묶고는 캐리가 서있었다.

"얘가 '연극을 해야 돼' 라고 고집을 피워서요. 프랭클린 박사님께 말했더니 캐리를 위해 그것보다 좋은 일이 없다고 하시더라구요. 얘가 그것 때문에 너무 우울해하는 건 치료과정에도 부정적인 효과를 가져온다는군요—."

두 부인은 레이첼이 입었던 옷을 홱 잡아 벗기더니 그것을 캐리에게 입혔다.

"봐라. 이래도 괜찮잖니. 완전하게 가려 주고 있구나."

선생님이 말했다.

레이첼은 무대를 몰래 빠져나와서 교회 맨 앞줄에 철퍼덕 앉았다. 그래도 아무도 눈치채지 못하고 있었다. 모든 어른들은 캐리가 팔이 아픈데도 불구하고 연극을 구하기 위해 용감하게 행동한 것에 대해 감탄들만 하고 있었다.

"그래요, 굉장히 아플 거예요."

그녀의 엄마가 말하고 있었다.

"그러나 캐리는 선생님을 실망시키고 싶지 않았나 봐요."

아무도 레이첼이 실망한 것에 대해서는 마음쓰지 않았다. 하나님까지도. 물론 하나님은 캐리가 마지막에 나타나 그 역할을 못 하게 될 것을 알고 계셨다. 하나님은 며칠 동안만 그녀 편에 서서, 그녀가 노래부르고 기뻐하게 만들려고 그녀를 마리아로 뽑아 주신 것이다. 그러나 이건 너무나 큰 장난이었다. 크고도 비열한 장난. 그녀는 자신의 발로 빨간 양탄자를 걷어 찼다.

"무대에서 내려와라. 무대에서 내려와라. 모두들, 제자리에 서서 줄을 설 시간이다."

선생님이 말했다.

도대체 그녀는 어디로 가서 서야 한단 말인가? 그녀는 주위를 둘러보았다. 사람들이 예배시간에 맞추어 들어오고 있었다. 그녀는 의자에 깊숙히 몸을 묻었다. 그녀는 가족들에게 자기를 보이고 싶지 않았다. 그들은 하나님이 그녀를 해고했다는 것을 금방 알아챌 것이다.

그녀는 엄마가 데이비드를 안고 복도 저쪽에 나타난 것을 보았다. 아기는 고무 젖꼭지를 행복하게 빨고 있었다. 그는 좋은 예수님이 될 것이다. 모든 사람들이 그렇게 말하고 있었다. 선생님이 문에서 기다리고 있었다. 그녀는 데이비드를 받아 안으면서 걱정스럽다는 듯이 머리를 주억거리고 있는 엄마한테 뭔가를 얘기했다. 그녀는 엄마한테 레이첼이 결국 마리아를 못하게 됐다는 것을 얘기하고 있을까? 만일 그렇다면 엄마는 와서 그녀를 안고 안됐다는 듯이 토닥여 줄 것이다. 아니, 엄마는 그녀 쪽을 아예 쳐다보지도 않았다.

연극은 잘 진행되었다. 천사 중의 누구도 울거나 긁적거리지 않았고 가브리엘도 대사를 잊어버리지 않고, 뒷자리까지 들리도록 큰 소리로 잘 읊었다. 현자들도 각자의 선물을 드는 것을 잊지 않았고, 아무도 왕관을 굴러 떨어뜨리지 않았다. 아주 완벽했다. 그녀 없이도 제대로 굴러가고 있었다. 레이첼은 마치 성경에 나오는 레이첼같이 비탄에 잠겨 울고 싶은 생각이 들었다.

그런데 그때 갑자기 기적이 일어났다. 아기 예수가 울기 시작한 것이다. 그냥 우는 것이 아니고, 막 고함을 치며 울어 대는 것이었다. 아기의 작은 폐가 다 울리도록. 캐리는 자신이 마리아라는 것을 잊고 갑자기 안색이 창백해지고 눈이 커다래졌다. 완전히 당황한 모습이었다. 그녀는 아마도 일어나서 달려나가고 싶었겠지만, 팔이 묶여 있어서 꼼짝도 할 수가 없었다. 그녀는 요셉을 올려다보았다.

"어떻게든 해봐!"

그녀가 속삭였다. 요셉의 얼굴이 밝은 빨강이 되었지만 근육 하나도 움직이지 않았다.

이제 모든 것은 레이첼에게 달려 있었다. 그녀는 의자에서 벌떡 일어나서 제단 계단까지 달려갔다. 그녀가 구유에 닿았을 때는 숨이 차서 헐떡거리고 있었다. 레이첼은 아기 옆에 있는 고무 젖꼭지를 찾아 내서 아기 입에다 물렸다. 아기는 그것을 꽉 물고는 쭉쭉 빨기 시작했다. 그 빠는 소리를 빼고는 교회는 너무도 조용했다. 레이첼이 아기를 내려다보고 미소를 지었다. 너무 사랑스러운 아기 예수 아닌가.

"너 도대체 뭐하는 애니?"

캐리가 이를 드러내고 으르렁거렸다. 그러나 그 속삭임은 너무 커서 뒷자리까지 들릴 정도였다. 레이첼은 어두운 교회 어디에선가 킬킬 웃는 소리를 들을 수 있었다.

"보라!"

갑자기 레이첼이 몸을 바로 일으키고는 관중들 쪽을 향해 단호한 어투로 말했다. 그 소리는 맨 뒷줄에 있는 사람까지 들을 수 있을 만큼 또렷했다.

"나는 주님의 시녀이다! 그리고 내가 네게 말하노니, 지극히 높은 곳에서는 하나님께 영광이요, 땅에서는 기뻐하심을 입은 남자와 여자와 아이들 중에 평화로다."

레이첼의 진지한 모습을 보고 이번에는 아무도 웃지 않았다. 감히 그럴 수가 없었던 것이다.■ (캐더린 패터슨)

# 풀 하우스

도시 혹은 상당히 큰 마을에 살고 있는 사람들이라면 누구라도, 엽서에나 나옴직한 아담한 마을 교회에서 자진해서 합창단의 지휘자가 되고 싶어하는 사람은 별로 없을 것이다.

그러나 나는 그런 마을 교회 합창단의 지휘자였고, 특히 크리스마스 이브 예배에서 그 책임이 막중했다. 그 예배는 내게 아주 의미 깊은 일이었다. 나는 네 명의 아이들과, 크리스마스를 우리하고 보내려고 오신 아버지를 위해 교회 앞 좌석에 자리를 잡아 드리고 공기가 별로 좋지 않은 합창단복을 걸어 놓은 방으로 올라갔다.

나는 바리톤 역을 잘 해내고 있는 남편 윌리가 그리웠다. 마을의 의사인 그는 호출을 받고 병원으로 갔다. 예배중에는

그가 비퍼를 꺼놓는다는 것을 알았지만, 아기를 낳을 급한 산모가 있다는 연락을 받고는 바로 간 것이다. 크리스마스에 태어나는 아기는 항상 즐거움이었다.

예배는 아주 아름다웠다. 누구도 떠들지 않았고, 소프라노를 이끌고 있는 유지니아 언더힐은 노래부르는 중에 한번도 숨을 쉬지 않고 잘 넘어가 주었다. 조금 마음에 걸렸던 유일한 부분은 '거룩한 밤 '을 부를 때 높은 C로 올라가는 것은 아름답게 소화해 내다가 내려올 때 문제가 있었던 것이다. 그러나 끝내고 자리에 앉을 때, 어쨌든 그녀는 자신이 해냈다는 만족함에 기쁨이 배가 되어 있었다.

촛불로 온통 불을 밝히고 창문가에 큰 소나무 가지를 쌓아둔 교회는 아름다워 보였다. 크리스마스 이브의 예배는 거의 전부가 음악으로 진행되었기 때문에 정식 설교는 없었고, 단지 목사님은 존 돈과 마틴 루터의 크리스마스 설교 중에서 발췌해서 읽어 주었다.

예배 후 축도가 끝나자, 나는 안도의 한숨을 쉬었다. 이제야 집에서 우리만의 크리스마스를 보낼 수 있었다. 가족들을 모으고 우리는 어둠이 잔뜩 내린 밖으로 나왔다.

부드러운 솜 같은 눈이 내리기 시작했다. 사람들은 서로에게 '굿나잇' 과 '메리 크리스마스' 로 인사했다. 피곤하긴 했지만 행복을 느끼면서, 나는 예배가 끝난 아홉 시 이후의 나머지 평화롭고 조용한 우리 가족만의 시간을 준비했다.

나는 잠들어 있는 막내 로브를 바로 고쳐 안았다. 두 딸, 빅키와 수지는 할아버지와 함께 길 한쪽으로 걸어가고 있었고, 장남인 존은 나와 같이 걸어가고 있었다. 아이들은 모두 집에 가서 늘 하던 대로 우리들 식의 크리스마스 파티를 한 후에는 두말없이 잠자리에 들어가기로 약속이 되어 있었다. 하지만 해마다 새로운 손님의 방문이 있어서 우리의 크리스마스의 잠자리는 점점더 늦어지고 있었다.

나는 아이들을 웨이곤에 태우고, 로브는 존이 안게 했다. 아버지와 나는 앞 자리에 탔고, 눈이 점점 많이 내리고 있기 때문에 내가 운전을 하기로 했다. 나는 이 눈이 눈보라가 되지 않기를 바랬다. 윌리가 집에 오기 전에 길 상태가 나빠지면 안 되는데….

우리 집은 언덕의 등성이, 마을에서는 1.6km 정도 떨어져 있었다. 집이 있는 위쪽을 쳐다보면서, 나는 눈발이 날리는 속으로 집 밖에 만들어 놓은 크리스마스 트리의 불빛이 다사롭게 반짝이는 것을 볼 수 있었다.

집 뒤쪽으로 가면서, 나는 갑자기 피곤함이 몰려드는 것을 느꼈다. 차고에 차를 세우면서 나는 윌리의 차가 차고에 없는 것을 보았고, 내가 실망하는 모습을 아버지나 아이들이 눈치채지 못 하도록 얼른 딴전을 피웠다. 차에서 아이들이 내릴 때, 아버지는 눈발이 날리는 문가에 옷뭉치 같은 것이 있는 것을 처음으로 알아채셨다.

"빅토리아."

그가 나를 불렀다.

"저게 뭐지?"

그 옷뭉치가 움직이면서 눈물로 범벅이 된 얼굴이 보였다. 나는 그 얼굴의 주인공이 2년 전, 16살 때 부모와 함께 이사를 갔던 에비라는 것을 알아차렸다. 그녀는 우리 집의 아이들을 잘 봐주던 최고의 베이비-시터였기 때문에 우리는 그녀가 이사간 후 몹시 아쉬워했었다. 요 근래 들어서 그녀에 관한 소식은 거의 들은 바가 없었고, 얼굴은 더더욱 본 적이 없었다.

"에비!"

나는 놀라서 소리를 높였다.

"왜? 무슨 일이 있는 거니?"

그녀는 오랜 시간을 추위 속에서 움츠리고 있었기 때문에 뻣뻣하게 움직였다. 그런 다음 그녀는 내 쪽으로 아이들 같은 몸짓으로 팔을 내밀었다.

"오스틴 부인—."

내가 인사의 키스를 하려고 하면서 허리를 구부리자 그녀가 한숨을 내쉬었다. 그리고 나서는,

"엄마가 나를 내쫓았어요. 그래서 여기로 왔어요"

라고 말했다. 그녀는 우리 집에서 자신을 반겨 주리라는 것에 조금도 의심도 없었는지 아주 간단히 말했다. 그녀는 아무 모양도 없고 제대로 몸에 맞지도 않는 코트를 걸치고 있었고, 구멍이 난 운동화 속에 양말도 신지 않은 맨발이 보였다.

나는 팔을 돌려서 그녀를 안아 일으켜 세웠다.

"자, 세상에, 너 꽁꽁 얼었겠구나."

아이들은 에비를 보자 기뻐하면서 그녀를 껴안았다. 그리고 몇 분 있다 부엌으로 들어가자 개들이 우리를 반기느라 크게 짖어 댔다. 개는 데인, 푸들 종인 콜레트, 가디안이 있었고, 두 마리 고양이가 마루를 질러 거실로 들어왔다.

아래층의 아이들이 불을 모두 켰고, 존은 크리스마스 트리

의 불을 켜도 좋으냐고 물어 왔다.

"그래."

나는 대답했다.

"근데 벽난로 불부터 붙이자."

나는 부엌과 식당 사이에 움직임도 없이 엉거주춤 서있는 에비에게로 돌아섰다.

"에비, 잘 왔다. 너무 정신이 없어 미안하구나. 코트 벗을래?"

처음에 그녀는 싫다고 하더니 낡아 빠진 코트를 벗어 내게 주었다. 코트 안에다 그녀는 스웨터와 스커트를 입고 있었는데, 스커트의 단추가 잠겨 있지를 않고 핀으로 꼽아 놓고 있었다. 그리고 거기에는 그만한 이유가 있었다. 에비는 크리스마스에 아기를 낳지는 않겠지만 임신한 게 틀림없었다.

그녀는 나를 살피고 있다가 다소 반항적으로 말했다.

"여기 올 수밖에 없었어요."

나는 에비의 냉담한 부모를 떠올렸고, 오늘이 크리스마스 이브라는 것을 생각했다. 나는 팔을 그녀에게 얹고 부드럽게 그녀를 안았다.

"사실대로 얘기해 보렴."

"안 하면 안 될까요?"

"네가 얘기하면 훨씬 도움이 되겠구나, 에비."

여덟 살이지만, 아직도 내 치마를 끌어당길 정도로 어린 수지는 피곤할 때면 투정이 심해지는데, 바로 지금이 그랬다.

"엄마, 산타 클로스를 위해 빨리 쿠키와 코코아를 준비해요."

갑자기 거실 쪽에서 화가 난 듯한 고함소리가 들리고 이어서 존이 나를 부르는 소리가 나서 나는 급하게 달려갔다.

가디안이 트리 밑에 앉아 있었고 그의 입에는 기다란 초록색 리본이 물려 있었다. 개 주위에는 크리스마스 선물더미들이 있었는데 거의 전부를 씹어 놓고 있었다. 우리가 교회에 가있는 동안, 아버지를 따라온 그 개는 트리 밑에 있는 모든 선물더미를 다 풀어헤쳐 놓고 있었던 것이다.

빅키가 말했다.

“누가 어떤 선물을 했는지 하나도 모르겠네.”

수지는 금방 눈물을 터뜨렸다.

“저 개가 모든 것을 망쳐 놓았어!”

에비가 우리들을 따라왔다. 그녀는 자고 있는 로브를 안고 있었다. 아버지가 상황을 알아차리고 그녀를 특별히 따뜻한 시선으로 바라보셨다.

"앉으렴, 에비야."

그가 말했다.

나는 그녀한테서 로브를 받아 안았고, 그녀가 벽난로 앞에 있는 윌리의 의자에 무너지듯 앉자마자, 아버지께서 물었다.

"밥은 언제 먹었니?"

"모르겠어요. 아마 어제였던 것 같아요."

나는 자고 있는 아이를 소파에 내려놓고 부엌으로 가서 아이들을 불렀다.

"빅키, 수지, 와서 샌드위치 만드는 것 좀 도와 줄래? 나는 스프를 만들어야 하거든, 에비를 위해 아빠의 사무실에 잠자리도 만들어 주고."

우리 집은 전형적인 뉴잉글랜드의 농가로 네모난 모양을 하고 있었다. 위에는 침실이 네 개 있었고, 아래층에 큰 부엌과 식당이 있었으며 L자 모양의 거실과 남편의 사무실이 있었는데, 그는 그 사무실을 일주일에 두 번 가까운 마을에 있는 환자들을 위해 사용하곤 했다. 나는 커다란 야채 스프통을 냉장고에서 꺼내 냄비에 부었다.

아버지와 에비가 나지막하고 조용하게 얘기를 나누는 소리가 들렸다. 그런데 에비가 자신의 이야기를 아버지한테 하고 있는지는 알 수가 없었다. 나는 거의 하루도 빼놓지 않고 술집을 거르지 않는 그녀의 아빠와 그보다 더하면 더했지 결코 그에 못지않아서 남편과 비슷하다는 소리를 듣는 그녀의 엄마를 생각했다. 그런 사람들이 에비의 임신 사실을 알고는 얼마나 그녀를 무시했을까 상상이 갔다. 나는 딸에게 말했다.

"냉장고에 달걀 샐러드가 있으니 에비를 위해 커다란 샌드위치를 만들어 주렴."

나는 커텐을 들치고 창문 밖을 내다보았다. 금세 눈이 쌓여 길은 사람이 지나다닐 수 없을 정도가 되어 있었다. 나는 이 따뜻하고 안락한 우리 집, 이 시간에 남편이 우리와 같이 있기를 바랬다.

나는 스토브로 가서 에비를 위해 한 그릇 가득 스프를 부어 주었다. 빅키와 수지는 먹을 수는 있지만 모양이 엉망인 샌드위치를 만들어 놓고는 거실로 가버렸다. 나는 에비를 식당으로 불렀고, 그녀는 테이블에 앉아 배가 고픈 듯 허겁지겁 먹기 시작했다.

"무슨 일이 생긴 거냐? 내가 아는 사람이야?"

그녀는 머리를 저었다.

"아녜요. 그 사람 이름은 빌리예요. 이사간 후, 이 세상에서 나를 사랑해 주는 사람이 아무도 없다고 느꼈어요. 아빠와 엄마는 항상 제가 집을 나가 있으면 행복해하시니까요. 저는 여기에서 베이비-시팅을 할 때, 사랑이라는 게 무엇인지 보았다고 생각했어요. 오스틴 부인, 나는 외로웠어요. 너무 외로웠어요. 그때 빌리를 만났는데 난 빌리가 나를 사랑한다고 생각했어요. 그래서 그가 나를 원했을 때…그러나 이제 보니 그건 사랑하고는 아무런 상관도 없는 거였어요. 적어도 빌리에게는요. 임신을 하자 그가 이렇게 말했어요. '글쎄 그 애가 내 아이라는 걸 어떻게 아니?' 라구요. 오스틴 부인, 전 절대로 다른 사람하고는 그런 관계를 가진 적이 없어요. 그 말을 들었을 때, 그는 내가 그를 떠나 주길 바란다는 걸 알았어요.

엄마와 아빠가 그런 것처럼요."

딸들은 우리가 얘기하고 있는 동안에도 부엌으로 다시 와서 왔다갔다 하고 있더니, 수지가 내 팔꿈치를 치더니 물었다.

"에비의 배가 왜 저렇게 큰 거야?"

그때 전화가 울렸다.

"존, 전화 좀 받아 줄래."

내가 말했다.

전화를 받고는 존이 부엌으로 왔는데 다소 당황해하는 것 같았다.

"병원에서 어떤 사람이 전화했는데 아빠가 집으로 오시는 중이래요. 그런데 사무실에 잠자리를 준비해 주었으면 한다고 말하네요."

에비가 스프 그릇에서 얼굴을 들었다.

"오스틴 부인—."

그녀는 놀란 얼굴로 나를 보았는데, 겁은 먹었어도 그녀를 밖으로 내치지는 않으리라는 것을 믿고 있는 것 같았다.

"괜찮아, 에비."

나는 조용히 생각했다.

"존, 너 할아버지하고 손님 방에서 자도 괜찮겠지?"

"할아버지만 괜찮다고 하시면요."

아버지가 거실에서 큰 소리로 말씀하셨다.

"할아버지는 존이 친구해 주면 좋지."

"그럼 됐다, 에비."

나는 그녀의 그릇에 스프를 더 부어 주었다.

"에비는 존의 침대에서 자렴. 로브는 물론 너하고 자는 걸 아주 좋아할 거야."

"그런데 아빠가 데리고 오는 사람이 누구지?"

존이 물었다.

"에비 배가 왜 그런 건데?"

수지가 계속 묻고 있었다.

"그리고 왜 아빠는 우리한테 직접 말하지 않은 걸까?"

빅키가 물었다.

"뭘 말하지 않았다고?"

수지가 되물었다.

"아빠가 누구를 집으로 데리고 오는 걸까?"

존이 말했다.

에비는 계속 스프를 떠먹으면서, 울지 않으려고 애쓰고 있었다. 존과 딸아이들이 거실로 돌아갔을 때, 내가 그녀의 어깨에 한 손을 얹자 그녀는 내 손을 잡고 부드럽게 물었다.

"오스틴 부인, 크리스마스 이브에 저를 밖으로 내보내진 않으시겠지만, 저, …제가 당분간 여기 머물러 있어도 될까요? 생각 좀 할 게 있어서요."

"물론이란다. 그리고 너는 네 앞날에 대해 생각할 것이 많이 있을 거야, 아기 일도 그렇고 말야."

"네, 이제 출산일이 점점 다가오니까, 정말로 겁이 나기 시작해요. 처음엔 제가 이 아이를 원한다고 생각했었어요. 왜냐하면 아기가 나와 빌리를 가깝게 해줄 것이라고 여겼으니까요. 부인과 오스틴 박사님과 아이들이 있는 가정같이 될 거라고요. 그러나 이제는 그건 나만의 바램일 뿐이었다는 걸 깨달았어요. 때때로 난 옛날로 돌아가서 여기서 부인의 아이들을 봐주고 있었으면 하고 바라곤 해요…오스틴 부인, 난 내 아이하고 어떻게 살아야 할지 모르겠어요."

난 그녀의 손을 꼭 잡아 주었다.

"에비, 네 감정이 어떨지 알고 있지만 모든 일에는 헤쳐 나갈 방법이 있게 마련이야. 걱정은 그만 하자. 적어도 오늘 밤만이라도, 오늘은 크리스마스 이브잖니."

"그리고 난 집에 있는 거고요."

에비가 말했다.

"무엇보다도 이 집에 오면 가정이 어떤 것이라는 것을 느끼게 되요."

나는 우리의 아이들을 생각하다가 에비에게 말했다.

"자, 이제 편히 쉬면서 크리스마스를 즐기도록 하자. 오늘 밤 꼭 결정해야 하는 건 아니잖아."

아버지가 부엌으로 천천히 들어오자 세 마리 개가 쫓아 들어왔다.

"개들이 밖에 나가고 싶어하는 것 같구나. 개들을 데리고 오늘 밤의 모습을 보여 주고 집 주위를 돌아 보고 올게."

그는 부엌문을 열고 개들을 앞세우고 밖으로 나갔다.

난 커텐을 열었다. 꼭 아버지와 개들의 모습을 지켜 보자는 것이 아니고 어떻게 그녀를 도울 것인가를 생각해 보기 위해서. 그녀에게는 당분간의 잠자리만 필요한 게 아님을 알기 때문이다. 그녀는 돈도 없고, 집도 없는데, 아기가 태어나려 하고 있으니…그녀가 두려움에 떠는 건 당연한 일이었다.

나는 눈이 내리는 것을 바라보면서 남편의 차소리가 들리기를 바랬다. 그때 집으로 난 길을 올라오는 차의 헤드라이트 빛이 보였고 속도를 줄이는 소리도 들렸다. 하지만 그건 윌리의 차소리가 아니었다. 누구지, 하고 생각도 해보기도 전에, 전화벨이 울렸다.

"내가 받을게요!"

수지가 소리치면서 빅키를 제치고 달려갔다.

"엄마, 언더힐 부인이에요."

나는 전화를 받으러 갔다. 유지니아의 목소리가 행복하게 전화선을 타고 들려 왔다.

"참 아름다운 크리스마스 이브 예배였어요! 그리고 당신 내가 입을 크게 벌릴 때 내 이를 보았어요?"

그녀가 웃었다.

"어쨌든 노래 잘 불렀어요."

"그리고 왜 전화 걸었냐 하면, 집에 오븐이 두 개 있죠?"

"네."

"우리 집 오븐이 고장났어요. 가스불은 되는데 오븐이 말을 안 들어요. 누가 와서 지금 고쳐 주겠어요? 그래서 말인데 당신네 오븐에서 칠면조 좀 구울 수 있을까요?"

"그럼요."

대답은 그렇게 했지만 사실 그 오븐에다가 크림으로 양념한 양파요리와 고구마요리를 할 생각이었다. 그러나 어떻게 유지니아에게 안 돼요, 라고 할 수 있겠는가?

"내 칠면조 들고 금방 가도 될까요? 당신이 가르쳐 준 대로 크리스마스 이브 내내 오븐에서 천천히 익히고 싶거든요. 그러면 당신도 내일까지 전혀 신경 쓰지 않아도 될 것 같아요."

"그러세요, 유지니아, 오실 때 운전 천천히 하세요."

"그럴게요. 고마워요."

그녀가 말했다.

존이 머뭇거리다가 한마디 했다.

"오스틴 가정의 전형적인 크리스마스 이브예요."

부엌문이 열리자, 아버지가 들어오시고 개들이 확 몰려 들어오더니 그 뒤에 정복을 입은 경찰이 들어왔다.

에비가 그들을 보자 겁에 질린 듯이 보였다.

아버지는 내게 그 경찰을 소개했다.

"오스틴 부인, 여기 계신 부인의 아버님과 얘기를 나누었는데, 우리가 좀 알아봐야 할 일이 있어서요."

그런 다음 그는 에비를 쳐다보았다.

"아가씨, 우리는 당신을 찾고 있었습니다. 당신의 친구들에 대해 얘기를 나누고 싶습니다."

그녀의 얼굴빛이 창백해졌다.

"무서워하지 마세요."

경찰이 그녀를 안심시켰다.

"우리는 단지 어디서 당신을 찾을 수 있을지 알고 싶었습니다. 당분간 이 집에서 머문다는 걸 이해합니다. 적어도 몇 주간은요."

그는 고개를 끄덕이고 있는 아버지를 쳐다보았고, 나는 두 분이 무슨 얘기를 나누었는지 알고 싶었다. 생각보다 에비한테 더 많은 문제가 있단 말인가?

그녀는 알아들을 수 없는 소리로 중얼거리면서 스프 쪽만 쳐다보고 있었다.

"자, 오늘은 크리스마스 이브입니다."

경찰이 말했다.

"그리고 저도 집에 가고 싶습니다. 모두가 다 잘 시간이기도 하구요."

"우리는 아빠를 기다리고 있어요."

수지가 말했다.

"아빠도 지금 오고 있는 중이세요."

"그리고 아빠가 어떤 사람을 데리고 온대요."

빅키가 거들었다.

"그러고 보니 집이 온통 꽉 차서 풀 하우스가 되겠구나."

경찰이 말했다.

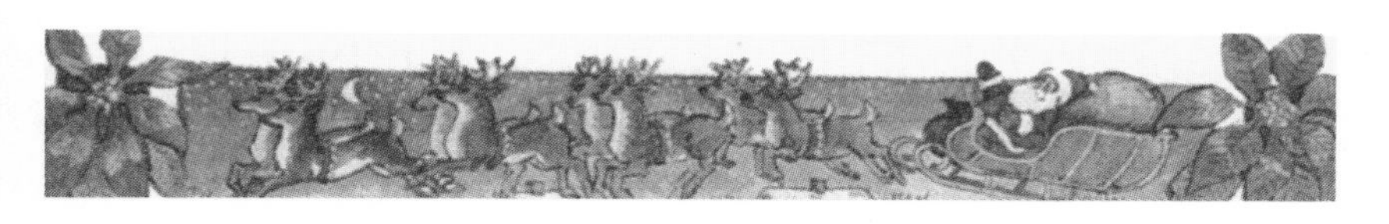

"자, 좋은 밤 되십시오. 여러분들."

아버지가 그를 부엌문 쪽으로 안내하고 그가 나간 뒤 문을 닫았다.

"그러니까 저 사람이—."

존이 궁금해서 물어 보기 시작했다.

내가 얼른 말했다.

"자, 너희들, 너희들이 해야 할 일은 이층에 올라가서 잘 준비를 하는 거야. 그리고 이건 명령이다."

"그렇지만 아빠를 기다려야 하는데—."

"그리고 아빠가 누구를 데리고 오는지도 봐야 하는데—."

"그리고 '크리스마스 전날 밤' 이야기와 '누가 성자' 이야기도 읽어 줘야지—."

"그리고 엄마, 아직 우리한테 노래도 불러 주지 않았잖아—."

나는 그 시끄러운 소리들을 향해 말했다.

"이층으로, 자, 너희들 잘 준비를 하자마자 다시 내려와도 좋다."

에비가 일어났다.

"제가 로브를 자리에 데려다 놓을까요?"

나는 그녀가 이 자리를 떠나고 싶어한다는 것을, 그래서 내 질문을 피하고 싶어한다는 것을 눈치챘다.

"로브는 그냥 두어도 될 것 같아, 빅키, 내 옷장에 가서 에비가 입을 만한 잠옷 하나 골라 주렴."

에비까지 포함해서 그들이 다 이층으로 우루루 올라갔을 때, 나는 부엌 옆에 있는 작은 의자에 앉아 있는 아버지 쪽으로 몸을 돌렸다.

"이제, 아버지, 무슨 일인지 말해 주세요. 경찰이 아버지한테 무슨 말을 했나 말씀해 주세요."

"스프 냄새가 아주 좋구나."

그가 말했다. 나는 그에게 스프를 주고 가만히 기다렸다.

마침내 그가 말했다.

"에비가 그다지 질이 좋지 않은 아이들하고 어울렸나 보더라. 그들 중의 몇 명은 마약까지 하고, 그러나 다행히도 에비와 그 애 남자친구는 아니었지. 그리고 그들은 차도 훔쳐서 타고 다니다가는 버렸지. 경찰은 에비가 그 일에 끼지 않은 것은 확실하다고 하더구나. 그러나 그들은 에비나 그 남자 친구하고 얘기를 하고 싶어해. 그들이 무슨 일을 하고 다녔는가를. 그래서 경찰들이 에비를 찾으러 그 애 집까지 갔는데, 그녀의 엄마와 아빠는 그녀가 가출했다고 했단다. 자신들이 그녀를 쫓았다고는 안 하고 말이다. 그들은 에비에 대해 나쁘게 말하면서 아마 오스틴 부인네 집에 있을지 모르겠다고 얘기는 해주더란다."

"불쌍한 에비, 그녀는 참 착하고 좋은데, 전 가끔 그 애의 집안에 대해 이해가 안 돼요. 그래서 아버지는 그 경찰한테 뭐라고 하셨어요?"

"에비가 너희 집에서 당분간 있을 거고, 네가 그 애에 대해 책임을 질 거라고 했다. 그들은 아직도 에비하고 얘기를 하고 싶어했지만, 크리스마스 후에 하라고 내가 그들을 설득했다. 내 생각인데, 그 애가 너희 집에 있으면 경찰들도 사태를 잘 이해할 것 같구나."

"다행이에요. 그녀한테 지금 필요한 것은 크리스마스 이브를 보낼 가정이에요.―"

그때 부엌문을 세게 두드리는 소리가 났다.

냄비에 커다란 칠면조를 넣은 것을 손에 들고 있는 유지니아였다.

"이걸 오븐에 넣을게요."

그녀가 칠면조를 오븐에 넣으려다가 말했다.

"아니, 아직 당신네 칠면조는 들어가 있지도 않네."

일이 계속 생기는 바람에 칠면조를 요리해야 하는 것을 잊어버렸지만 그건 냉장고에 준비되어 있었다. 나는 그것을 꺼내서 다른 쪽 오븐에다 넣었다.

유지니아가 차를 타고 가버리자, 개들이 환영한다는 듯이 짖어 댔고 곧바로 월리의 차 엔진 소리를 들렸다.

아이들이 그 소리를 듣고는, 아래층으로 달려 내려왔다.

"잠깐!"

나는 명령했다.

"아빠한테 몰려가면 안 돼. 그리고 아빠가 어떤 사람을 데리고 온다는 것을 잊지 마라."

에비도 천천히 아래층으로 내려왔는데, 내 오래된 푸른색 잠옷을 입고 있었다. 존이 부엌문을 열었고, 개들이 밖으로 뛰쳐 나갔다.

"와우, 앉아!"

나는 남편이 개들한테 소리치는 것을 들을 수 있었다. 그리고 그 다음, 아이들에게도.

"길 좀 비켜 봐!"

아이들이 옆으로 흩어졌고, 남편은 내가 한번도 본 적이 없는 한 젊은 여자를 부축하듯이 안고 들어왔다. 그녀는 팔에 아기를 안고 있었다.

"여긴 마리아 헤랄도이고, 마리아, 내 아내 빅토리아, 그리고―."

그는 갓난아기를 쳐다보았다.

"페피타."

그녀가 말했다.

"아빠 이름을 따랐어요."

윌리는 아기를 안으면서 "코트를 벗으세요"라고 그녀에게 말했다.

"마리아의 남편은 2주 전 일터에서 사고를 당해 죽었어. 가족은 남미에 있는데, 오늘 병원에서 퇴원해야 했거든. 크리스마스 이브란 혼자 보내기엔 그리 좋은 때가 아닌 것 같아서."

나는 검은 머리가 수북히 나있어서 갓난아기 같지 않은 아기를 쳐다보았다.

"얘는 갓난아기가 아닌가 봐요."

"오늘 나온 아기라고? 아냐. 페피타는 일주일 전에 태어났어."

그는 고개를 돌려 문가에 몰려 있는 우리들의 아이들과, 그들 뒤에 있는 아버지와 에비를 쳐다보았다. 에비가 눈에 띄자, 그의 눈썹이 웬일이냐는 듯 위로 올라갔다.

"에비는 당분간 우리하고 있을 거예요."

내가 그에게 말했다. 설명은 나중에 해도 되겠지.

"마리아, 스프 좀 드실래요?"

"나도 먹고 싶네."

남편이 말했다.

"마리아도 물론 먹어야 하고."

그는 아이들을 쳐다보았다.

"빅키, 수지, 너희들 다락에 올라가서 요람 좀 가져올래?"

애들이 쏜살같이 달려갔다.

남편이 마리아에게 물었다.

"피곤하죠?"

"아네요. 난 선생님이 아이를 받으시는 동안 잠을 잤어요. 그리고 페피타도 잤구요."

그리고 그녀는 다시 잠을 자고 있는 딸을 눈이 부신 표정을 하고 내려다보았다.

"그럼 거실로 가서 벽난로 앞 따스한 자리에 가서 앉도록 해요. 여러분들하고 같이 가족들의 크리스마스 시간을 즐기고 싶어요."

마리아는 남편과 나를 쳐다보면서 말했다.

"두 분한테 너무 감사해요―."

"별 말씀을, 자 이리 와요."

그때 마리아는 에비를 보았고, 난 그녀의 눈이 에비의 배에 가서 머물다가 얼굴 쪽을 보는 것을 보았고, 두 여자는 서로를 오래 쳐다보고 있었다. 에비의 눈길은 마리아의 자고 있는 아이로 향했고 그 다음 그녀는 자신의 팔을 내밀었다. 마리아는 천천히 아이를 그녀에게 주었고 에비는 아이를 안고 살살 흔들어 주었다. 그 저녁, 잠시 그녀의 표정에는 평화의 모습이 자리를 잡는 것 같았다.

여자 혼자서 아이를 키우는 것은 쉬운 일이 아니니, 마리아는 아마도 남미의 가족에게로 돌아갈 것이다. 어쨌든 그녀의 아이는 사랑 속에서 보호를 받을 것이다.

에비의 눈은 페피타를 거실로 안고 가면서 눈물이 가득 찼지만, 더 이상 상실하거나 두려워하는 모습이 아니었다. 무슨 일이 일어나도 에비는 그것을 잘 이겨 나갈 거라는 느낌이 들었다. 그녀에게 필요하다면 남편과 나는 도움을 주겠지만, 그런 도움을 오래 필요로 하지 않을 것이라는 확신이 들었다.

마리아는 큰 의자 중의 하나에 편안히 앉았고, 그녀 옆, 테이블에는 한 그릇의 스프가 있었다. 에비는 아이를 요람에 넣고 무릎을 꿇은 채로 부드럽게 흔들어 주었다.

윌리는 무릎에 로브를 뉘인 채 작은 소파에 앉아서 한 손으로는 스프 그릇을 들고 있었다. 두 딸은 할아버지의 양쪽에 앉아 있었고, 그는 아이들을 팔을 둘러 안고 있었다. 나는 마리아의 건너편에 앉고, 에비가 와서 내 발 쪽으로 앉았다. 존은 벽난로 앞 마루에 있었다. 크리스마스 트리와 벽난로에서 나오는 불빛이 유일한 빛이었다. 테이블 위에는 코코아와 과자가 있었다.

"자."

남편이 말했다.

"오늘은 크리스마스 이브인데…."

그가 이런 저런 말을 했다. 그의 말이 끝나자 아이들과 에비와 마리아가 박수를 쳤다. 그때 그는 나를 쳐다보았다.

"당신 차례야."

존이 일어나서 내게 기타를 내밀었다. 나는 크리스마스 캐롤을 몇 곡 불렀다. 내가 기타를 내려놓을 때, 나는 마리아가 에비한테 가서 둘이 서로 손을 꼭 잡는 것을 보았다.

"그리고 지금은."

남편이 말했다.

"아버지 차례입니다."

아버지는 성경을 꺼내서 읽기 시작했다.

"…맏아들을 낳아 강보로 싸서 구유에 뉘였으니 이는 여관에 있을 곳이 없음이러라…"

라는 구절에 이르렀을 때 나는 졸리면서도 칭얼대는 아이의 요람을 발로 흔들어 주고 있는 마리아를 보았다. 깨어 있으려고 하면서도 아이처럼 눈에 한 가득 졸음이 들은 에비의 머리를 내 무릎에 대어 주면서 나는 내 모직 스커트의 부드러움에 그녀의 얼굴이 닿게 했다.

수지는 할아버지의 무릎에 머리를 떨구고 잠이 들었지만, 아버지는 계속해서 읽고 있었다.

"…또 유대 땅 베들레헴아 너는 유대 고을 중에 가장 작지 아니하도다 네게서 한 다스리는 자가 나와서 네 백성 이스라엘의 목자가 되리라…."

나는 존이 '오스틴 가정의 전형적인 크리스마스 이브군' 이란 말을 기억했다. 그러면서 전형적인 크리스마스에 이런 일이 일어날 수 있는가를 생각해 보았다. 올 크리스마스, 우리의 뉴잉글랜드 농가는 에비와 그녀의 뱃속의 아이, 유지니아가 칠면조를 우리의 스토브에 마음 편하게 넣고 가는 여유로움, 그리고 마리아와 그녀의 아기 페피타로 안정감과 따뜻함을 가득 담아 가고 있었다.■ (마드리엔느 렝글)

# 내게 한 노래 있어

그 전화는 크리스마스 이브 아침에 왔다. 아직 자고 있을 때라, 전화를 받았을 때 내 목소리에는 약간의 성가심이 배어 있었을 것이다.

"저슨, 나 때문에 잠을 깼구나, 미안. 그러나 어쩔 수가 없구나."

"무슨 일인데, 누나?"

"뭐라고 생각하니? 내가 이 시간에 너한테 전화할 이유가 말야."

"아버지?"

"물론 아버지 때문이란다. 의사가 그러시는데 며칠 못 버티실 것 같다고 하셔. 의사 생각에는 네가 즉시 와야 한다고 그러신다." 그녀가 말했다.

마음 한구석에서 크리스마스에 아내와 아이들을 두고 가고 싶지 않다는 생각이 들어 순간 거절하고 싶었다. 내가 가지 않는다고 무슨 일이 일어날 것도 아닌데, 뭐. 아버지는 꽤 오랫동안 나를 알아보지 못하고 계셨다. 그래도 나는 의무적으로 1년에 서너 번씩은 그를 보러 갔다. 그는 메마른 양로원, 그의 의자에 아무 표정 없이 고개만 끄덕끄덕하면서 앉아 있곤 했다.

때때로, 그가 정신이 나는 듯 할 때는, 나를 웨슬리라고 불렀다. 웨슬리는 베트남 전쟁에서 죽은 형이었다. 그러나 보통 그는 내가 이해할 수 없는 말들을 웅얼거리거나, 이야기라도 해보려고 공연히 말을 붙이거나 하면 고개만 끄덕거리시곤 했다.

한번은 그가 내 얼굴을 뚫어지게 바라보는데, 눈빛이 맑았다. 그래서 나는 그가 나를 알아보나 하고 생각했는데, 조금 있다가 그가 말했다.

"엄마한테 가서 웨슬리가 집에 왔다고 말하렴."

그 말을 들은 나는 엄마하고 형이 죽은 지 오래되었다는 사실을 그에게 기억나게 하려는 노력을 할 생각도 않고 바보같이 고개만 끄덕였을 뿐이다.

그러나 마음 한구석에선 가야 한다는 생각이 들었다. 그 옛날, 아버지가 젊고 내가 어릴 때도 거의 내 말을 들어 준 적이 없었고 지금도 내 말을 들으실 수도 없다 해도 아버지한테 마지막으로 인사를 해야 하지 않을까 하는 생각이 들었다. 어쨌든 나는 가야 했다. 아이들이야 크리스마스에 아빠가 자기들을 두고 간다는 것을 이해 못했지만 아내 마를린은 이해했다.

"여보, 당신은 가야 해요. 누님 때문만이 아니고 당신을 위해서도요"

라고 마를린은 말했다.

나는 공항으로 차를 몰고 가서, 대기자 티켓을 샀고, 나를 태우지 못하고 떠나는 세 대의 비행기를 지켜 보고 있었다. 그때마다 나는 아버지가 어떠신

가 누나한테 전화를 걸었다. 누나는

"빨리 와야 해!"

라고 말했다. 그러나 스프링필드로 가는 비행기를 탈 때는 늦은 오후가 되어 있었다.

도착해서 마를린에게 잘 도착했다는 전화를 건 후 누나한테 전화를 걸었으나 계속 통화중이었다. 그래서 전화하는 데 시간 낭비하지 않고 곧장 차를 빌려서 80㎞의 거리를 달리기 시작했다. 내가 달리고 있는 이 시골길은 바로 내가 자라났던 농지였지만 참으로 새로운 느낌이 들었다. 크리스마스 이브의 하늘은 아주 맑아 별들이 가득 반짝이고 있었고 둥근 언덕길과 저 멀리 산 그림자 너머로 평화로움이 퍼져 가고 있었다. 후회와 슬픔과 임박한 죽음의 세계는 멀리 있는 것 같았다.

나는 문득 아버지를, 지금처럼 아무 힘도 없이 죽음을 기다리고 있는 모습이 아니고 어렸을 때부터 보아 온 모습으로 떠올려 보았다. 그는 강하고 거칠고 퉁명스러운 데다 어느 누구에게도 당당한 농부셨다. 만일 형이 살아 있다면, 아버지는 나라는 존재는 정말 있는 것 같지도 않게 여겼을 것이다. 어쩌면 내 생각이 틀린지는 모르겠지만 어머니도 그렇게 말했던 것을 확실히 기억한다. 어머니는 아버지와 내 사이를 이어주려고 무던히도 노력하시던 분이셨고, 우리도 세월이 지나면서는 서로를 이해하려고 노력했었다. 형의 죽음 후, 그 끔찍한 크리스마스에 어머니는….

바로 그때, 나의 헤드라이트 빛에 길로 걸어나오고 있는 누군가의 모습이 잡혔다. 얼른 차를 옆으로 돌렸으나 나는 놀랐고, 차를 바로하면서 내 가슴은 여전히 쿵쿵 뛰고 있었다. 나는 백미러로 내가 거의 칠 뻔했던 사람의 얼굴을 보았다. 그는 팔을 내게 흔들면서 길에 서있었다.

별 생각 없이 나는 차를 일단 세웠다가 뒤쪽으로 천천히 운전해 갔다. 길 가장자리에 차를 대고, 유리창을 내리고 얼굴을 내밀면서 고함치듯 말했다.

"길에서 떨어져 있어요! 차에 칠 뻔했잖아요!"

그 사람은 남자가 아니었고, 색을 멘 등 위에 긴 머리가 물결치고 있는 어린 소녀였다. 그녀는 모자나 장갑 같은 것은 착용하지 않고 있었다.

"뭐예요?"

그녀의 뺨이 유리창 위로 왔다.

"운전이나 조심하세요."

그러더니 갑자기 수줍어하면서 말했다.

"아저씨, 저 좀 태워 주실래요?"

내 대답은 기다리지도 않고, 그녀는 내 뒤쪽 문을 열더니 내가 뭐라고 하기도 전에 차에 올라탔다.

내가 차를 운전하기 시작하자, 등에 멨던 색을 내리더니 자기 옆에 놓았다. 나는 그녀의 나이가 많아 봤자 14살 정도로 내 딸 제니와 비슷하겠구나를 알아챌 정도로 그녀의 얼굴을 찬찬히 살펴보았다.

"너 어디를 가는 건데?"

아무렇지도 않은 체 하면서 물었다.

"누가 알고 싶어하는데요?"

"아무도, 그냥 내가 궁금해서 그래. 너를 보니까 내 딸이 생각나는구나."

"내가 아저씨 딸이 아닌 것이 아저씨한테는 다행이죠."

우리는 아무 말 없이 차만 타고 갔다. 그녀는 자신의 쌕에서 무언가를 꺼내려고 애쓰고 있었다. 나는 라디오를 틀었다. 차 안은 금방 즐거운 캐롤의 음향으로 가득 찼다. 내 마음은 방랑자 소녀에게서 떠나 어머니 생각으로 가득 찼다. 어머니는 크리스마스를 사랑했었고, 특히 크리스마스 음악을 좋아하셨다. 바로 그때 나는 단단하면서 둥근 무언가가 내 오른쪽 어깨를 누르는 것을 느꼈다.

"음악을 꺼요."

그 애가 명령했다.

나는 라디오를 끄면서, 너무 기가 막혀 놀라지도 않았고 어안이 벙벙해졌다. 아니 어떻게 아이가 총을 가지고 있단 말인가?

"이제 지갑과 시계를 줘요. 값 나가는 것이면 뭐든지."

"우선 차부터 세워야겠다."

"알았어요. 그러나 절대로 서툰 수작 하면 안 돼요, 아셨죠?"

나는 어깨를 편하게 하고 차를 세웠다. 내가 차에서 내릴 동안, 그녀는 내 오른쪽 귀에다 총을 들이대고는 시계와 결혼반지를 빼앗고, 나에게 코트와 바지에 있는 것을 모두 꺼내라고 했다. 나는 그것들을 의자에 다 꺼내 놓았다. 내 모든 몸짓을 따라 총을 움직이면서 그녀는 손을 몹시 떨고 있었다. 그녀가 마음먹고 쏘지는 않을 것이라 두렵지는 않았지만, 공연히 화를 돋구면, 우발적으로 쏠 수는 있었다. 그래서 나는 몸을 세우면서 문 가까이로 가서 그 떨리고 있는 무기를 살펴보았다. 차의 흐릿한 헤드라이트 불빛에 그것의 비밀이 드러났다. 그 총은 장난감 총이었다.

충동적으로 나는 그것을 잡아 채고는 웃어 주고 싶었지만, 그녀의 심각한 모습이 나를 멈추게 했다. 대신에 나는 문을 닫고 길을 따라 걷기 시작했다.

그녀가 내게 소리를 쳤다.

"도대체 어디를 가고 있는 거예요?"

"내 차도 훔칠 거잖아."

"돌아와요."

갈라진 목소리로 그녀가 말했다.

"나 운전할 줄 모른단 말이에요."

나는 돌아와서 차에 올라탔다. 총이 다시 내 어깨 위에 놓였다.

"자, 이제 가요. 그리고 다시는 나를 바보로 만들 생각은 하지도 마요."

그녀는 울고 있지는 않았지만, 거의 울듯한 표정이었다.

"신용 카드는 쓰지 마라."

"입 다물고 운전이나 해요."

"진짜야, 그것 쓰면 너 바로 잡힌다. 현금이 200달러 정도 있고, 크리스마스 지나고 다음날이면 그 시계는 적어도 100달러는 받을 수 있을 거야. 그 시계, 골동품에 가까운 금시계란다."

"무슨 생각으로 그런 말을 하죠?"

"난 그냥 너를 돕고 싶을 뿐이야. 나도 한번 가출한 적이 있었거든. 그건 하나도 재미없어."

"난 도움이 필요없어요."

"그래도 돈은 필요할 거다. 돈 없이는 어디도 갈 수 없을 테니까."

"내가 궁금한 건…."

그녀는 중얼거리다가 금방, 그 플라스틱 총으로 나를 세게 눌렀다.

"왜 신용 카드에 대해 그런 말을 했죠?"

그녀가 물었다.

"맹세컨대 그것들은 아무 소용이 없어. 내가 분실신고를 해야 하거든."

"그럼 시계와 다른 것들은요?"

"만일 네가 결혼반지와 신용카드를 그냥 두면, 돈과 시계는 가져가도 좋다. 그리고 난 그것을 크리스마스 선물로 생각할게."

"무슨 의미죠?"

"경찰에도 신고 안 하겠다는 거지."

"자신이 미스터 산타 클로스가 되시겠다 그 말이신가 보네."

그녀의 목소리가 냉소적이 되면서 내 어깨의 누르던 총의 무게가 좀 가벼워지는가 싶더니 다시 나를 총으로 세게 찔렀다.

"아저씨가 나를 놀리시는가 본데, 난 당신을 죽일 수도 있어요."

"그렇다면 별로 똑똑한 짓 같지 않구나. 그리고 네가 그런 식으로 나를 침묵하게 할 수는 없단다."

그녀가 움찔했다.

"그건 우리 아빠가 하던 말하고는 다르네요. 아빠도 그걸 알아야만 하는데."

"아버지들이 항상 옳은 건 아니란다. 내 아빠도…."

"아저씨 아빠는 잊으세요."

"난 아버지를 잊을 수가 없단다. 그는 지금 죽어가고 있어. 그래서 그곳으로 가고 있는 중이다. 그가 죽기 전에 한번 더 그를 보기 위해."

"죽어가요?"

"그래, 연세도 많이 드셨고 편찮으시거든. 그는 죽음을 기다리고 있지."

"아버지에게 물어 보세요. 아저씬 다른 얘기를 듣게 될 거예요."

"그렇게 생각하니?"

"그 문제에 대해선 얘기하고 싶지 않아요."

"그래, 넌 아직 어리고…."

"그러나 난 죽어야만 해요." 그녀가 울부짖었다.

"오, 하나님, 나는 죽어야만 해요."

그녀가 두 손으로 얼굴을 가리고 울기 시작하자, 총이 내 어깨에서부터 아래로 떨어졌다.

"총을 떨어뜨렸다."

내가 조용하게 말했다.

그녀는 즉시 우는 것을 그치고, 총을 집어 들고 세 번인가 네 번 나를 찌르더니 다시 떨어뜨렸다.

"아저씨, 이게 장난감인 줄 처음부터 알고 있었죠, 그죠?"

내가 고개를 끄덕였다.

"우리 아빠가 맞았어요. 나는 이 세상에서 제일 바보예요."

"너는 그렇게 바보는 아냐."

"그래요? 그렇다면 어떻게 임신을 하냐구요?"

그녀는 거의 고함치듯 말하고 있었다.

"그것 때문에 가출한 거니?"

"아빠는 내가 죽든지 말든지, 자기만 괴롭히지 않으면 상관도 안 해요."

처음에 나는 그녀에게 위안의 말을 해주려고 했다. 너의 아버지는 너를 생각한다. 지금 그는 경찰에 가출 신고를 하고 딸을 찾아 달라고 도움을 요청했을 것이 틀림없다는 말을. 그러나 나는 아무 말도 하지 않았다. 나는 내가 지금 내 아버지를, 아버지가 내게 어떻게 했었나를 생각하고 있음을 알았다.

나는 이 아이의 아버지를 모른다. 그리고 갑자기, 나는 그녀에게 엄격과 분노와 의심으로 가득 찼던 나의 아버지 얘기를 하고 싶었다. 왜냐하면 나는 아버지가 내게 무엇을 했나를 알고 있었기 때문이다.

"내가 얘기 하나 해줄까?"

대답으로, 그 애는 콧방귀를 크게 흥 했다.

"1967년도였지."

나는 1967년도의 크리스마스가 그녀에게는 감도 안 오는 정도겠구나를 깨달으면서도 시작했다.

"11월 초, 우리는 형 웨슬리가 죽었다는 소식을 들었지. 비행기가 2년 전 북베트남 쪽으로 떨어졌을 때 형이 붙잡혔었거든. 그는 감옥에서 죽었어."

잠깐 동안 형의 죽음으로 인했던 차가운 고통이 되살아났다. 나는 그를 너무 좋아했고 존경까지 할 정도였다.

"그래서요?"

그녀가 다음을 기다리지 못하고 재촉했다.

"아버지가 상처 입은 것은, 형이 죽은 것 때문이 아니고 그가 감옥에서 죽었다는 사실 때문이었어. 만일 형이 비행기 사고로 죽었다면, 아버지는 참으실 수 있으셨을 거야. 그러나 감옥에서 그가 조금씩 조금씩 죽어갔다는 것 때문에—."

"아저씨, 너무 죽는 소리를 많이 하고 있어요."

"미안하다. 난 아버지가 왜 그렇게 가슴이 아파했는지를 말하고 싶었던 거야. 아버지는 매우 종교적인 분이셨지. 심지어는 아들들의 이름은 교회 영웅들의 이름을 따서 지으실 정도였거든. 그러나 막상 웨슬리에 관한 소식을 듣고 난 후, 아버지는 교회에 가는 것을 그만두고 식사 전 기도도 중단하셨어. 거기다가 그는 엄마도 교회를 못 가게 하시고, 누나와 내가 주일학교 가는 것도 막으셨어. 난 그때 9살밖에 안 되었었는데, 그걸 이해할 수가 없었어."

"크리스마스가 다가오고 나는 주일학교 프로그램에서 독창을 하기로 되어 있었지. 그래서 나는 굉장히 흥분되어 있었고 어머니도 그러셨지. 보통 때는 나를 무시하던 누나까지도 내가 뽑혔다는 것을 자랑스러워할 정도였거든. 그 프로그램에 아버지도 가게 하려고 어머니가 무척 설득하셨어. 나는 아버지를 약간 무서워했었어. 만일 그가 와서 내게 실망한다면 어떡하지. 나는 걱정이 됐기 때문에 그가 가는 것을 마음속에서부터 원했던 것 같지는 않아도 어머니를 행복하게 해드리고 싶었어. 그래서 나는 아버지가 가셨으면 좋겠다고 생각했지."

"아버지를 혼자 두어서는 안됐어요."

"그래, 우리는 같이 가야만 해, 라고 나는 생각했어. 어쨌든 저녁을 먹으면서 어머니가 이 독창은 내 일생에서 가장 뜻깊은 밤이 될 테니 가자고, 내가 얼마나 잘 부르는지를 듣게 되면 아주 자랑스러울 것이라고 아버질 설득했어. '그럼, 나를 위해 바로 여기에서 노래를 불러 보렴' 이렇게 아버지가 말씀하셨지."

"아저씬 노래해서는 안 되는 거였는데."

"맞아. 나는 저녁을 먹은 후, 아버지가 커피를 드시는 동안 부엌에 서서 그를 위해 노래를 불렀지. 너 '하늘에 한 노래가 있다' 라는 노래 아니?"

“난 클래식은 몰라요, 또 좋아하지도 않고.”

“걱정 마라, 여기서 부르지는 않을 테니. 그러나 내가 아버지를 위해 노래를 부르면 부를수록, 나는 점점더 두려워지기 시작했어. 그의 화가 거의 폭발 지경에 이르렀다는 것을 알 수 있었거든. 내가 미처 다 끝내기도 전에, 그는 주먹으로 테이블을 꽝 내리쳤고 커피가 옷에 다 튀었어. ‘거짓말!’ 그가 소리쳤어. ‘모두 거짓말이야!’ 그런 다음 벌떡 일어나더니 내 어깨를 꽉 쥐는 거야. 그는 미친 것 같았어. ‘너 세상이 어떤지 알기나 해, 저슨? 세상에는 날개를 펄럭이는 천사 같은 것은 없어. 하늘에 노랫소리가 있다구? 증오, 고통, 잔인, 잔인한 죽음만이 있을 뿐이야!’ 그런 다음 그는 나를 옆에다 밀치고는 어머니를 잡은 거야. ‘아그네스, 난 알 수가 없어. 어떻게 당신은 이런 말도 안 되는 소리에 집착하는 거야! 하늘에는 음악이 차있다구, 아냐, 폭탄 터지는 소리와 사람들의 고함소리만 있을 뿐이야!’

어머니는 얼굴이 굳어졌으면서도, 천천히 말하는 거야, ‘그래도 노랫소리가 더 커요’ 라고.

아버지가 저주를 퍼붓기 시작했지. 나는 아버지가 분노에 차서 그런 식으로 말하는 소리를 들어 본 적이 없었어. 하여튼 그 모든 것은 나 때문에 비롯된 거야, 왜냐하면 내가 주일학교 프로그램에서 바보같이 노래를 부르기 원했기 때문에, 아버지가 엄마한테 그렇게 욕을 하게 된 거지. 나는 집을 뛰쳐 나왔어. 추운 밤이었는데도 내가 춥다고 느끼기까지는 오랜 시간이 걸렸어. 나는 절대로 돌아가지 않을 거야, 그는 항상 나를 멸시했어, 라고 혼자 속으로 생각했지. 그가 참아 온 것은 오로지 형 때문이었던 거야. 이제 형이 없어지고 나니, 나도 없어지는 게 나아. 나도 모르는 사이에 나는 숲 깊숙히 들어와 있었어. 거의 산기슭까지 갔는데, 확실한 건 길을 잃었다는 사실과 굉장히 춥다는 것이었어."

"얼어서 죽을 정도는 아니었겠죠."

그녀가 비꼬듯이 말했다.

"그래, 나는 계속 걸었지만, 밖은 달도 없는 새까만 밤이었어. 난 바로 앞에 있는 나무조차 볼 수가 없어서 거기에 부딛히고 그랬어. 점점 인기척 하나 없는 밤이 무서워지기 시작했지. 그 춥고 깜깜한 밤에 혼자 밖에서 죽을 것이 확실했어."

"네."

비꼬는 투가 없이 그녀가 말했다.

"근데 그때 갑자기 멀리서 불빛 하나를 본 거야. 나는 그 불빛을 향해 뛰어가기 시작했어. 그때까지 불빛이 그렇게 반가운 적은 없었지. 아직도 내가 어디로 가고 있는지도 몰랐지만, 상관하지 않았어. 나는 불빛만을 보고 따라갔어."

"그리고 아저씨는 전능하신 하나님의 천사의 품으로 달려간 거네요."

"아냐, 그건 아버지였어. 그가 날 찾으러 밖에 나온 거야."

"그래서 그가 아저씨한테 무릎을 꿇고 용서해 달라고 빌고 당신은 그 후로 행복하게 살았다 그거군요."

"아냐, 나는 아버지와 같이 집으로 왔어, 이미 너무 늦어서 프로그램에는 참석할 수가 없었지. 그게 다야. 우리는 그 후로 절대로 그 일에 대해 얘기해 본 적이 없어."

"아저씨, 저를 여기 내려 주세요."

그녀가 말했다. 나는 그때까지 우리가 벌써 읍내로 들어와 있다는 걸 몰랐었다.

"이런 밤 시간, 이런 곳에다 너를 내려놓고 싶지는 않구나."

"문제없어요."

"자, 거의 양로원에 다 왔단다. 잠깐만 기다려 주지 않을래? 아버지를 뵙고 나서, 너를 집에다 데려다 주마."

그녀는 거의 비웃음에 가까운 소리를 냈다.

"제게 어떤 호의도 베풀지 말아요."

나는 차를 양로원 앞에 세웠다. 차를 주차시키고 나서, 나는 결혼반지를 끼고, 지갑에서 돈을 빼서 앞 의자 위에 놓았다.

"아저씨 시계는 필요없어요. 도로 가지세요."

"고맙구나. 조금만 기다리거라. 오래 걸리진 않을 거야, 그리고 그땐—."

알았다는 듯이 그녀는 고개를 끄덕였다.

"너무 늦게 왔구나."

누나가 말했다.

"아버진 이제 어떤 반응도 보이지 않으셔."

나는 아버지 침대가로 가서 그의 큰 손을 잡았다. 내가 기억하고 있던 것보다 훨씬 약한 손이었다. 그는 평화로워 보였다.

"오늘 오후엔 나를 알아보시고 말까지 하셨단다."

누나가 말했다.

"그랬어요?"

나는 그 불빛을, 그 밤 어둠을 뚫고 나를 찾으려고 나오셨던 아버지를 기억했다.

"정말 이상하게도, 그의 목소리는 몇 년 동안 처음으로 강하고 명확했단다. 아버지가 뭐라고 했는지 아니, '엄마한테 가서 그 노랫소리가 더 크다고 말해 다오' 였단다."

"나 금방 돌아올게요."

그 말을 하고 나는 거의 뛰어 나가다시피했다. 차 안은 비어 있었다. 앞문을 열자, 의자에 있는 20달러짜리가 모습을 드러내고 있었다. 아마도 그 애는 나를 한 푼도 없이 만들기는 싫었나 보다.

그 애를 다시는 보지 못했다. 그래서 그 애에게 아버지의 마지막 말을 전할 수가 없었다. 하긴 그 말을 들었다 해도 그녀는 그것을 이해하지 못했을 것이다. 그러나 그때 틀린 건 아버지가 아니라 나였다. 나와 어머니가 틀렸던 것이다. 노랫소리가 더 크지는 않았다. 그 소리는 분노의 외침이나 비탄의 소리에 재빨리 잠겨 버렸기 때문이다. 비록 노랫소리가 더 크지는 않았지만, 그것은 계속되는 것이었다. 아버지의 침대가에 앉아 있는 내게 그 노랫소리가 들리듯이, 우리가 전혀 준비가 되어 있지 않았을 때에도, 가장 고집스런 달콤함으로 다가오곤 했었다. 다만 우리는 그것을 계속 외면했던 것이다.

"그러나 오, 노랫소리가 더 크지는 않더라도, 그것은 강해요. 그리고 언젠가 그것은 어둠 속에 홀로 서있는 당신을 찾아 낼 거예요."

나는 텅 빈 밤에다 대고 말했다. 그런 다음 아버지에게 작별인사를 하려고 돌아서서 방으로 들어갔다.■ (캐더린 패터슨)

# 라모나, 양의 옷을 입고 연극에 나오다

라모나는 주일학교에서 무슨 문제가 생기리라고는 생각지 않았지만, 12월 초, 일이 시작된 것은 주일학교에서였다. 라모나는 회색 돌로 지어진 교회 지하실, 그녀의 교실에서 데비와 호위 사이에 앉아 있었다. 주일학교 교장인, 루소 부인이 자신의 손뼉을 쳐서 아이들의 시선을 집중시켰다.

"자, 조용히 하자. 여러분들. 이제 우리의 크리스마스-캐롤 프로그램과 예수님 탄생 연극을 위해 준비를 해야 할 때란다."

그 말에 지루함을 느낀 라모나는 그녀의 작은 의자 다리를 뒤꿈치로 톡톡 치고 있었다. 그녀는 자신의 역할이 무엇일지 뻔히 알고 있었다. 하얀 성가대복을 입고 다른 2학년 학생들하고 같이 캐롤을 부르면서, 유치원 애들과 1학년 애들 뒤를 좇아 걸어 들어가는 것이다. 관중들은 유치원 애들의 삐뚤삐뚤한 선을 보고는 웃으면서 뭐라고 했지만 2학년 애들한테는 관심을 도통 보여 주지 않았다. 그러나 연극에 끼기 위해서는 한 몇 년을 기다려야 한다는 것을 라모나는 알고 있었다.

라모나는 루소 부인이 자기의 언니, 비아크리스의 친구인 헨리 후긴스더러 요셉을 하는 것이 어떠냐고 물을 때는 건성으로 듣고 있었다. 라모나는 그가 안 한다고 할 줄 알았다. 왜냐하면 그는 8년 아니면 12년 안에 있을 올림픽에 대비한 훈련을 하느라 너무 바빴기 때문이다. 그런데 그가 하겠다고 해서 놀랐다.

"그리고 비아트리스 퀌비, 너 마리아를 할래?"
라고 루소 부인이 말했다.

그 소리에 라모나의 정신은 번쩍 들어서 자리에서 엉겁결에 일어섰다. 그녀의 언니인, 까다롭기 이를 데 없는 언니가 마리아를? 라모나는 얼굴빛이 분홍이 되어, 당황해하면서도 기쁜 빛을 감추지 못하는 언니를 보았다.

"네."

언니가 대답했다.

라모나는 도저히 참을 수가 없었다. 그녀의 언니가 아기 예수의 엄마가 되어 그들이 매년 사용하는 구유 옆에 앉아 있는단 말이지?

루소 부인은 몇 명의 나이가 든 소년들을 세 명의 현자로 뽑았다. 6학년 남자아이들은 원하면 마음대로 목동이 될 수 있었다.

계획이 진행되어 가는 동안, 라모나 안에서 작은 목소리가 이렇게 말하고 있었다. '저요, 저요! 저는 어때요?' 드디어 라모나가 일어섰다.

"루소 부인, 전 양이 되고 싶어요. 만일 목동이 나와야 한다면, 양도 필요할 거예요."

"라모나, 굉장히 좋은 생각이구나."

마치 루소 부인은 라모나의 생각을 받아들일 것처럼 말했다.

"그러나 교회에는 양의 옷이 없다는 것이 유감이구나."

라모나는 자신이 할 수 있는 일이라면 포기하는 소녀가 아니었다.

"엄마가 나를 위해 양의 옷을 만들어 주실 거예요"

라고 그녀가 말했다.

"엄마는 나를 위해 옷을 많이 만들어 주시거든요."

아마도 '많다' 는 말은 조금 거짓말이 섞인 말일 것이다. 퀌비 부인은 지난 3년 내내 할로윈 때면 입었던 마녀 복장을 만들어 주었고 그녀가 탁아소에 다닐 때 빨간 마귀 복장을 만들어 주었을 뿐이었다.

이제 루소 부인은 자신이 라모나의 생각이 좋다고 말했기 때문에 어쩔 수 없이 허락해야 할 판이었다.

"그렇다면…그래, 라모나, 만일 너의 엄마가 너를 위해 복장을 만들어 주신다면 해도 좋다."

호위도 곰곰히 생각에 잠겼다.

"루소 부인."

그는 아주 심각한 어조로 말했다.

"세 명의 목동이 있는데 양이 한 마리밖에 없으면 너무 우스워 보이지 않을까요? 제 할머니도 저를 위해 양의 복장을 만들어 주실 수 있거든요."

"그리고 저의 엄마도 하실 수 있어요."

데비도 말했다.

주일학교는 갑자기 너도 나도 양을 하겠다는 사람들로 가득 차게 되었다.

"조용, 여러분! 우리 교회는 그렇게 많은 양떼가 서있을 자리가 없어요. 그러나 목동 하나에 양 한 마리로 맞추도록 하겠어요. 라모나, 호위 그리고 데비, 너희들이 먼저 신청했으니까 복장을 준비할 수 있다면 양을 해도 좋다.”

라모나는 교실 맞은편에 있는 언니를 쳐다보면서 미소를 지었다. 그들 자매는 연극에 같이 나오게 된 것이다.

주일학교가 끝난 후, 비아트리스는 라모나를 보고 물었다.

“도대체 엄마가 언제 양의 옷을 만들 수 있단 말이니?”

“일이 끝나시면.”

근데, 실은 이 문제는 라모나가 심각하게 생각하지 않은 부분이었다.

비아트리스는 의심스럽다는 듯 쳐다보면서 말했다.

“교회에 마리아의 복장이 있는 것은 정말 다행이야.”

라모나는 그 말을 듣자 걱정이 되기 시작했다.

킴비 부인은 항상 주일에 교회 갔다온 후 머리를 감았다. 라모나는 엄마가 머리를 감고 수건으로 머리를 말릴 때까지 기다렸다.

“뭔지 맞추어 볼래요?”

라모나가 말했다.

“이번 크리스마스, 교회 연극에서 내가 양이 될 거예요.”

“좋겠구나.”

킴비 부인이 말했다.

“올해는 뭔가 다르게 하려는 것 같아 기쁘구나.”

“그리고 나는 마리아를 할 거예요.”

비아트리스가 말했다.

“세상에! 멋지구나!”

여전히 수건으로 머리를 문지르면서 킴비 부인이 말했다.

"근데 양의 옷이 필요해요."

라모나가 말했다.

"마리아 옷은 교회에 있어요."

비아트리스가 말했다.

라모나는 언니에게 조용히 하라는 표정을 지어 보였다. 비아트리스가 평화로운 미소를 띠었다. 라모나는 언니가 벌써부터 마리아의 흉내를 내지 말았으면 싶었다.

컴비 부인은 머리를 문지르다가 라모나를 쳐다보았다.

"그러면, 너 양의 옷은 어디서 구할 건데?"

라모나의 목소리가 갑자기 작아졌다.

"응, 응…내 생각에는 엄마가 만들어 주었으면 해."

"그걸 언제 만드니?"

라모나의 기운이 쑥 빠졌다.

"일이 끝난 후에 하면 안 될까?"

컴비 부인이 한숨을 쉬었다.

"라모나, 너를 실망시키고 싶지는 않은데, 일이 끝나고 집에 올 때면 이미 피곤하거든. 재봉틀에 앉아 있을 시간이 없어. 양의 옷은 시간이 많이 걸리고, 조각조각 맞추려면 보통 힘이 드는 일이 아니란다. 그리고 양의 패턴을 구할 수나 있을지 모르겠다."

컴비 씨가 대화에 끼여들었다. 시간이 많은 아버지가 있는 것이 항상 문제였다. 그는 항상 다른 사람들의 논쟁에 끼여들 시간이 많았다.

"라모나, 일을 하고 있는 다른 사람에게 뭔가를 부탁하려면, 먼저 물어 봐야 되는 거란다."

라모나는 아빠가 재봉질을 할 수 있었으면 하고 바랬다. 그는 시간이 너무 많았다.

"아마 호위의 할머니가 나를 위해 만들어 줄 수 있을지도 모를 텐데."

그녀가 의견을 내놓았다.

"우리는 그런 일을 부탁할 수는 없다"
라고 컴비 부인이 말했다.

"게다가 재료값도 들고, 크리스마스가 다가오는데, 우리는 그런 데다 쓸 돈이 없단다."

라모나가 이 모든 것을 잘 알고 있었다. 그냥 생각을 안 한 것뿐이다. 왜냐하면 그녀는 너무나 연극에서 양이 되고 싶었기 때문이다. 그녀는 눈물을 삼키고 훌쩍거리면서 신발 안에 있는 발가락들을 꼬기 시작했다. 그녀의 발이 커져서 신발에 꽉 끼고 있었다. 그녀는 엄마한테 신발에 대해 얘기하지 않았던 것을 다행히 여겼다. 만일 신발을 사버렸다면 양의 옷은 절대로 생길 수가 없었기 때문이다.

큄비 부인은 어깨에다 수건을 걸치고는 빗으로 머리를 빗었다.

"난 옷이 없으면 양이 될 수 없어."

라모나가 다시 훌쩍이기 시작했다. 만일 그녀가 양의 옷을 가질 수 있다면 꽉 끼는 신발 때문에 받는 고통도 능히 감수할 수 있었다.

"그건 네 잘못이야."

큄비 씨가 말했다.

"생각을 깊이 했어야지."

라모나는 엄마가 아빠보고 금연하라고 말하는 것을 크리스마스 후로 미루면 좋겠다고 생각했다. 그렇다면 아빠는 양의 옷을 필요로 하는 작은딸에게 좀더 친절할 수 있을 텐데 말이다.

큄비 부인은 빗으로 엉킨 머리를 빗어 내려갔다.

"내가 할 수 있으면 할게."

그녀가 말했다.

"집에 오래된 하얀 두꺼운 천으로 된 목욕옷이 있거든. 굉장히 낡긴 했지만 염색을 할 수 있다면 그것으로 뭔가를 만들 수는 있을 것 같다."

라모나는 훌쩍이는 것을 멈추었다. 엄마는 아마도 무엇이든지 해주려고 하겠지만, 라모나는 그녀의 끼는 신발에 대해서는 얘기하지 않을 작정이었다.

그 날 저녁, 라모나가 침대에 누워 있을 때, 그녀는 엄마와 아빠가 그들의 침실에서 작고 진지한 목소리로 하는 이야기를 들었는데, 라모나에 관한 이야기만 많이 언급되고 있었다. 그녀는 침대에서 살그머니 빠져나와서 무릎으로 마루를 걸어서 그들이 하는 말을 들을 수 있는 벽난로 바깥쪽으로 귀를 갖다 댔다.

벽난로를 통해서 들리는 아빠의 목소리는, 웅웅 울리면서도 멀리 들렸다.

"왜 당신은 그 애가 해달라고 하는 대로 하는 거야?"

그가 묻고 있었다.

"먼저 물어 보지도 않고 자기 맘대로 하게 하면 안 된다고 해야 하잖아. 그 애도 이젠 뭔가를 알아야 해."

"알아요."

엄마의 목소리도 웅웅 울리고 멀리서 들리는 것 같았다.

"하지만 아직 어리잖아요. 그리고 이 일은 그 애한테는 너무 중요한 일이에요. 어떻게든 해봐야죠."

"우리 집에 말썽꾸러기 애가 있는 건 원치 않아."

아빠였다.

"그러나 크리스마스잖아요."

큄비 부인이 말했다.

"그렇잖아도 올해 크리스마스는 해줄 게 조금밖에 없거든요."

엄마 말에는 안심을 하고 아빠한테는 화가 나서 라모나는 침대로 다시 기어올라갔다. 말썽꾸러기 애라고! 아빠는 그녀를 그렇게 생각하고 있다니!

그 다음날부터, 아빠하고 마주치는 것이 라모나에게는 힘든 일이었다. 사람 뒤에서 말을 그렇게 하다니 아빠한테 실망했다.

"그래, 너 뭐 먹고 있니?"

아빠가 마침내 그녀에게 물었다.

"아무것도요."

라모나가 팅팅거렸다. 자기가 엿들었다는 것을 드러내 놓고 말할 수가 없었기 때문에 자신이 화난 이유를 표시할 수가 없었다.

언니인 비아트리스는 계속 미소 띤 얼굴에 찬찬한 표정으로 돌아다니고 있었다. 아마도 메스터 부인이 언니가 글짓기 점수에 A를 받은 것을 수업시간에 큰 소리로 읽게 한 이유도 있었지만, 더 큰 이유는 그녀가 마리아의 역을 할 것이기 때문이었다. 성처녀 마리아같이 행동하려는 언니를 보는 것은 라모나 같은 애한테는 쉬운 일이 아니었다.

그리고 그 옷, 큄비 부인은 오래된 목욕옷을 염색할 시간은 있었는데, 그 뒤에는 아무것도 하지 못했다. 왜냐하면 귀앓이 환자와 목감기 환자 때문에 그녀가 일하고 있는 병원이 너무 바빠져서, 매일 저녁 늦게 집에 돌아오곤 했기 때문이었다.

게다가 라모나는 이틀 오후를 호위의 할머니가 그의 양옷을 만드는 것을 지켜 보고 있어야만 했다. 왜냐하면 학교가 끝난 후, 아빠가 집에 없을 때는 그 집에 가있기로 약속이 되어 있었기 때문이었다. 이번 주에 아빠는 실업자 보험에 신청을 하고 우체국에 일자리를 찾기 위해 공무원 시험을 봐야만 했기 때문에 라모나보다 늦게 오곤 했다.

라모나는 하른하른한 하얀 아크릴 섬유로 만든 호위의 양

옷을 잘 살펴보았다. 귀는 분홍색으로 세웠고 앞쪽 아래쪽에는 지퍼를 달 것이었다. 그 옷은 아름답고 부드럽고 털까지 달았다. 라모나는 자신의 뺨을 거기에다 대고 비비고, 껴안고 침대에까지 가지고 가고 싶었다.

"그리고 호위의 옷을 끝내면, 윌라 진을 위해서 다시 하나를 더 만들 거란다"
라고 켐프 부인이 말했다.
"윌라 진도 하나 갖기를 원하거든."

그 소리를 듣자 라모나로서는 정말 참기 힘들었다. 게다가 그녀의 신발은 발을 더 옥죄고 있었다. 그녀는 집안 여기저기를 뛰어다니고 있는 윌라 진을 보면서, 저 아무것도 모르는 조그만 윌라 진에게 전혀 필요하지 않을 저 아름다운 양의 옷을 만들어 준단 말이지, 라고 생각했다. 그녀는 앞에다 사과주스나 엎지르고 과자 부스러기나 진탕 떨어뜨려서 그 부드러운 털옷을 망쳐 놓을 것이다. 사람들은 윌라 진이 라모나가 어렸을 때와 같다고 말하곤 했지만 라모나는 절대로 믿지 않았다.

크리스마스 프로그램이 있기 일주일 전, 큄비 부인은 점심시간을 이용해서 양의 패턴을 살 시간을 마련할 수 있었지만, 라모나를 위해 바느질할 시간을 낼 수는 없었다.

반면에 큄비 씨는 라모나를 위해 낼 시간이 많았다. 너무 많아서 탈이지, 라고 그녀는 생각하기 시작했다. 그는 잔소리를 했다. 그녀는 음식을 흘리지 않게 식탁 앞에도 바짝 당겨 앉아야 했고, 으깬 감자에다 포크로 장난도 못했고, 욕조에 옷을 담가 두지 말고 짜서 걸어 놓아야 했다. 더 이상 그녀가 조심성 있게 굴 수 있을까? 그녀는 자신의 수건도 반으로 접어서 똑바로 걸어 놓아야 했다. 아니, 그렇게 접어 놓으면, 어떻게 젖은 수건이 마른단 말인가? 그녀는 자신의 방 앞에 붙여 놓은 노트를 보았다. '어질러져 있는 방은 건강에 해롭다'라고. 오, 그것으로 충분했다.

라모나는 아빠가 잔디 깎는 기계에 기름을 넣고 있을 때 차고 밖으로 나가면서 말했다.

"어질러져 있는 방은 건강에 해롭지 않습니다. 그것은 담배를 피우는 것과 같지 않습니다."

"발이 걸려 넘어지면 팔 부러질 수 있어."

아빠가 지적했다.

라모나가 대답했다.

"난 항상 발에 불을 켜고 있답니다."

"물건들을 너무 엉망으로 해놓으면 숨이 막힐 수가 있는 거란다. 발에 레이더가 달린 아가씨야."

라모나는 미소를 지었다.

"아빠, 또 우스운 소리 하려고 하죠? 어떤 사람도 엉망으로 해놓은 방 때문에 숨이 막히지는 않아요."

"그건 모르는 거란다."

아빠가 말했다.

어느날 오후, 학교에서 돌아와 보니 아빠가 거실 유리창을 닫고 있었다. 밖의 날씨가 바람이 불고 있는데도 창문을 열고 있다니, 그리고 방에서는 담배 냄새가 났다.

"와, 저기 헨리가 거리를 달려가고 있구나."

등을 라모나에게 보이고는 아빠가 말했다.

"아마 올림픽에 나갈 건가 보지, 그래도 그의 늙은 개는 나갈 수 없을걸."

"아빠."

라모나가 부르자 아빠가 돌아섰다.

"아빠, 또 속였구나!"

큄비 씨가 마지막 창문을 닫았다.

"무슨 말 하는 거냐?"

"담배 다시는 안 피운다고 약속하시고는 또 피우셨잖아요!"

라모나는 자기가 어른 같고 아빠가 애같이 느껴졌다.

큄비 씨는 소파에 앉아서 매우 피곤한 표정으로 등을 기댔다. 그것을 보자 라모나의 화가 조금 풀어졌다.

"라모나, 나쁜 습관을 깨뜨리는 게 쉬운 일은 아니구나. 비옷 주머니에서 우연히 담배를 발견한 거야. 하나야 괜찮겠지 하고 생각해서 피우고 말았구나. 그렇게 노력했는데 말야."

아빠의 말을 듣고 있자니 안됐다는 생각이 들었다. 그녀는 소파로 가서 아빠한테 기대고 앉았다. 침묵의 시간이 얼마간 흐른 후, 그녀가 속삭였다.

"사랑해요, 아빠."

그는 라모나의 머리카락을 애정이 담뿍 담긴 손길로 쓰다듬었다.

"나도 네가 사랑한다는 걸 알고 있단다. 그래서 내가 담배를 끊었으면 하고 네가 바라는 것도 알고. 그리고 나도 너를 사랑한다."

"내가 가끔은 제멋대로 해도요?"

“그럼, 가끔 그래도 사랑한다.”

라모나는 잠시 가만히 있다가 말했다.

“그런데 왜 우리 집은 행복하지 않은 거죠?”

무슨 이유에선가 아빠가 미소를 지었다.

“너를 위한 새로운 소식이 있다. 바로 우리는 행복한 가족이라는 거야.”

“우리가 그래요?”

라모나가 의심스럽다는 듯 물었다.

“그렇구 말구.”

아빠는 확신을 가지고 있었다.

“어떤 가족도 완벽하지는 않아. 너의 생각을 고치렴. 우리가 할 수 있는 것은 행복한 가정을 위해 나아가는 거야. 그리고 우리는 그렇게 하고 있고.”

라모나는 신발 안에 있는 발가락을 틀기 시작하면서 아빠가 말한 것을 생각했다.

라모나는 아빠의 생각이 아마도 맞을 거라고 결론을 내렸지만 만일 엄마가 양의 옷을 만들 시간을 내준다면 더 행복한 가족이 될 것이라는 감정을 지울 수는 없었다. 이제 시간이 얼마 남지 않았다.

크리스마스 바로 며칠 전 갑작스럽게도 큄비 가족이 기대하지도 않았던 일이 생겼다. 라모나의 아빠한테 전화가 왔는데 일자리가 생겼다는 것이었다. 새해 다음날부터 그는 슈퍼마켓에서 검사원으로 훈련을 받으라는 통지를 받았다. 월급도 괜찮았고, 저녁에 일할 때도 있었지만 언젠가는 그가 수퍼마켓을 경영하게 될지도 모르는 일이었다.

전화를 받은 후부터, 아빠는 담배를 찾지 않게 되었고 청소를 할 때나 건조기에서 빨래를 꺼내 갤 때는 휘파람을 불기 시작했다. 엄마의 앞 이마에 드리워져 있던 걱정도 사라지고 없었다. 언니는 더 조용해지고 찬찬해졌다.

그럼에도, 라모나는 실수를 했다. 엄마한테 꽉 끼는 신발에 대해 얘기하고 말았다. 그래서 큄비 부인은 라모나의 양옷을 만들 수 있었던 토요일 오후를 쇼핑하는 데 써버렸다. 그 결과로, 크리스마스-캐롤 프로그램이 있던 밤에 교회로 차를 몰고 갈 때, 라모나만이 가족 중에서 유일하게 행복하지 않았다.

아빠는 차를 몰고 가면서 노래까지 불렀다.

라모나는 아빠가 부르는 노래를 좋아했다. 그러나 오늘밤은 아빠의 노래를 즐길 마음이 아니었다.

비가 내리고, 헤드라이트 빛에 길은 빛나고 있었다. 비아트리스는 부드러운 성처녀 마리아의 미소를 짓고 있었다. 지난 3주간 바로 언니의 그 미소 때문에 라모나는 화나 있었다.

라모나는 부루퉁해 있었다. 저 위 춥고 젖은 구름 위로 똑같은 별이 세 명의 현자들이 베들레헴으로 갈 수 있게 반짝이고 있을까? 아마도 오늘 같은 날은 절대로 그렇게 할 수 없을 것이다.

아빠는 계속해서 노래를 불렀다.

라모나가 아빠의 노랫소리를 방해했다.

"누가 뭐라고 해도 난 상관 안 해. 만일 양의 옷을 제대로 입을 수 없다면, 나는 절대로 좋은 양이 될 수 없을 거야."

그녀가 갑자기 소리를 지르면서 그녀가 입고 있는 양의 옷을 확 잡아 당겼다. 그리고는 두 손에서 아빠의 둘둘 말린 양말을 벗기기 시작했다. 왜냐하면 그것들은 정말로 양의 발처럼 보이지 않았기 때문이다. 그러나 그것을 끼고 있으니 손은 따뜻해지는 것 같아 그냥 두기로 했다. 잠옷 엉덩이 부분에 만들어 붙인 꼬리는 덩어리가 뭉쳐 있어서 그녀는 몸을 꿈틀거렸다. 라모나의 꼬리는 분홍색 토끼 무늬가 잔뜩 있는 낡은 잠옷으로 만들었지만, 그녀의 모습을 양처럼 만들어 주고는 있었다. 라모나는 항상 가장하는 데는 선수였다.

큄비 부인의 목소리가 피곤해 보였다.

"라모나, 너의 꼬리와 머리 부분은 내가 할 수 있는 한 한 거야, 그것 때문에 어제밤 늦게까지 잠도 못 잤어. 물론 네 맘에 들게 완전하게 하지는 못했지만 말이다."

라모나도 그것을 알고 있었다. 식구들은 지난 3주간 그녀에게 시간이 없다고 말해 오고 있었다.

"양의 옷은 털로 만들어야 해."

라모나가 말했다.

"양의 몸에 어떻게 분홍색 토끼가 그려져 있을 수 있겠어? 말도 안 돼!"

"너는 털이 깎인 양을 하면 되잖아."
장난기에 가득 차서 아빠가 한마디 했다.
"아니면 양의 옷에 늑대 무늬가 있는 건 어떨까?"
"아빠, 어쩜 나한테 그렇게 잔인할 수가 있어?"
가족들도 자기와 같이 슬픈 감정을 가지고 있어야 하는 이때, 아빠가 하는 유머는 하나도 즐겁지 않았다.
"쟤가 지쳤나 봐요. 저 나이에 크리스마스를 기다리는 건 굉장히 힘든 일이거든요."
엄마는 마치 라모나가 알아들을 수 없기나 한 듯이 말했다.
라모나가 목소리를 높였다.
"나는 지치지 않았어! 엄마는 양들이 잠옷을 입지 않는다는 것을 알아야 해!"
"그건 쇼무대에서 입을 거잖아."
아빠가 말했다.
"아빠! 어떻게 그런 말을!"
마리아를 맡은 언니가 깜짝 놀랐다.
"이건 교회 행사인 걸 모르세요?"
"그리고 잊지 마라, 라모나, 아빠의 할머니의 말씀인데, '분홍색 토끼는 절대로 달리는 말 속에서 눈에 띄지 않는다'고 하셨단다."
그 말을 듣자 라모나는 아빠의 할머니가 더 싫어졌다. 게다가 교회에서는 아무도 말을 타고 달리지 않는 것을 모르시나 보지.
커다란 돌로 된 교회의 스테인드 유리창을 통해 빛이 반짝이는 모습을 보며 라모나는 잠시 기분이 풀리는 것 같았다.

창문은 마치 보석으로 만든 것처럼 아주 아름다워 보였다.

아빠는 차를 후진해서 주차시켰다.

"호-호-호!"

시동을 끄면서 그는 말했다.

"지금이야말로 가장 즐거운 계절이구나."

차에서 내리면서, 라모나는 되도록 토끼를 많이 가릴 수 있게 코트 안에서 몸을 웅크렸다.

"몸을 똑바로 펴."

아빠가 무정하게 말했다.

"비에 맞는단 말이야, 그러면 감기에 걸릴 거야. 아빠도 그건 싫을걸."

"비 사이로 빨리 뛰어가라."

아빠가 말했다.

"너무 많이 내리고 있잖아."

라모나가 대답했다.

"오, 너희 둘, 정말."

그들이 차에서 내릴 때 얼른 우산을 펴면서, 아빠의 얼굴에는 피곤한 웃음이 희미하게 떠올랐다.

"나 안에 안 들어갈 거야."

라모나가 반항적으로 말했다.

"연극은 나 없이도 할 수 있어."

아빠의 대답은 의외였다.

"네 맘대로 하렴, 너 때문에 오늘 밤의 즐거움을 망치진 않으리라 믿는다."

엄마는 라모나의 잠옷의 엉덩이 부분을 보며 안됐다는 표

정을 지었다.

"자, 귀여운 작은 양아, 어서 가서 꼬리를 보이지 않게 흔들면 되잖니."

라모나는 꼬리가 흔들리지 않게 다리를 붙이고 걸었다.

교회 문에서 가족들은 헤어져서, 딸들은 주일학교 교실이 있는 아래층으로 갔다. 교실 의자에는 재잘대는 아이들의 코트와 비옷이 겹겹이 쌓여 있었다. 라모나는 한구석에 세워 놓은 크리스마스 트리 뒤쪽으로 갔다. 거기에서 산타 클로스가 연극이 끝난 후, 캔디를 나누어 줄 것이다. 그녀는 코트로 무릎을 덮으면서 마루에 앉았다.

크리스마스 트리 사이로, 라모나는 캐롤을 부를 아이들이 하얀 성가대복을 입고 있는 것을 보았다. 루소 부인이 소년들의 머리에 반짝이로 만든 끈을 묶어 주고 있는 동안, 소녀들은 서로의 머리를 묶어 주고 있었다.

"남자애들도 반짝이끈을 해도 괜찮은 거란다."

루소 부인이 남자애들을 안심시키고 있었다. 그러나 몇 명의 남자애들은 그 말을 믿지 못하겠다는 표정을 하고 있었다.

소년 하나가 의자 위로 올라갔다.

"난 천사야. 내가 나는 거 볼래?"

그는 말이 끝나자마자 성가대복의 넓은 소매를 활짝 펴면서 뛰어내렸다. 그러자 성가대 모두가 날개 치며 날으는 천사가 되었다.

아무도 라모나가 거기 있는 것을 알아채지 못했다. 모두들 너무나 재미있어하고 있었다. 목동들은 오래된 면 침대 덮개로 만든 망토를 발견했다. 언니의 친구인 헨리 후긴스는 요셉의 역을 할 때 입을 검은색 옷을 입고 나타났다.

다른 두 양의 모습도 보였다. 호위의 아크릴 섬유로 만들고 앞에 지퍼를 단 양옷은 라모나가 보기에도 두껍고 푹신푹신해 보였다. 호위가 너무 부드럽게 보여서, 라모나는 호위를 만져 주고 싶을 정도였다. 데비의 옷은 안전핀으로 잡아 매어져 있었지만 귀 모양이 웬지 이상해 보였다. 만일 그의 꼬리가 좀더 길었다면 고양이로 보일 정도였다. 그래도 그는 하나도 마음을 쓰는 것 같지 않았다. 두 소년은 고동색 장갑을 끼고 있었다. 마르고 조그만 양의 모습의 데비는 자기 꼬리를 흔들거리게 하려고 펄쩍펄쩍 자리에서 뛰고 있었는데, 그 모습을 보고 라모나는 조금 놀랐다. 학교에서 그는 항상 너무 수줍어하는 아이였기 때문이다. 아마도 양의 옷을 입고 있으니까 용기를 얻었나 보다. 땅딸막한 양인 호위도 꼬리는 달고 있었다. 라모나는 혼자말로, 내 귀는 그들만큼 잘 만들었는데, 라고 중얼거렸다. 얇은 파자마의 엉덩이 부분을 통해 마루의 찬 기운이 느껴졌다.

"저 작은 양 좀 봐! 너무 귀엽지 않니?"

한 천사가 큰 소리로 말했다.

"바—아, 바—아!"

데비와 호위가 양 울음소리를 냈다.

라모나도 거기 그들과 섞여서 뛰고 울음소리도 내면서 그녀의 꼬리를 흔들고 싶었다. 아마도 토끼 무늬는 많이 낡아서 그녀가 생각하는 것만큼 잘 안 보일지도 몰랐다. 그녀는 비참한 기분으로 웅크리고 앉아 있었다. 아빠한테 양을 하지 않겠다고 말하지 않았어야 하는데, 하여튼 지금은 돌아갈 수가 없다. 그녀는 하나님이 너무 바빠서 자기를 알아보지 않기를 바라다가 마음을 바꿨다. 하나님이 너무 바빠서 이 비참한 조그만 양의 기도를 듣지 못 할 수도 있겠지. 하지만, 전 정말 이렇게 밉살스럽게 굴고 싶지 않았어요. 시간이 흘러가서 그녀는 벌써 연극을 시작할 시간이 됐다는 것을 알았고, 애들이 다 거기에 나가면, 교회 지하실에 이렇게 혼자 앉아 있어야 했다. 방의 불은 꺼지고 이 큰 돌로 된 교회가 갑자기 무서워져서, 혼자 두려움에 떨면서 있고 싶지 않았다. 하나님, 제발 나 좀 여기서 꺼내 주세요.

푸른색 긴 옷을 입고 머리에 하얀 스카프를 두르고는 아기 모양의 담요를 안고 커다란 플래쉬를 들고 있는 비아트리스가 자신의 작은 여동생을 찾아 냈다.

"이리 나와, 라모나."

그녀가 동생을 살살 꼬셨다.

"아무도 네 옷을 알아채지 못해, 엄마가 시간만 있었다면 너를 위해 완전한 양옷을 만들어 주었으리라는 것 알지? 제발, 착하지."

라모나가 머리를 흔들고는 눈을 깜빡거려서 눈물을 떨어뜨렸다.

"아빠한테 이 연극에 나가지 않을 거라고 그랬어, 정말 안 나갈 거야."

"그래, 좋다. 네 맘대로 하렴."

언니가 마리아처럼 행동해야 하는 것을 깜빡 잊고 말했다. 그리고는 동생을 거기다 두고 가버렸다.

라모나는 훌쩍거리다가 그녀의 양의 발 모양을 낸 손으로 눈물을 훔쳤다. 왜 나를 그 연극에 넣어 줄 어른은 하나도 안 나타나는 거지? 어른이 아무도 오지 않았다. 아무도 세 마리의 양이 있어야 한다는 것을 기억하는 사람이 없는 것 같았다. 심지어는 거의 매일 연습을 같이 했던 호위까지도.

라모나는 초록색 크리스마스 장식품에 비쳐진 그녀의 얼굴을 보다가 깜짝 놀랐다. 코가 너무나 커보였고, 입과 눈물이 얼룩진 눈은 너무 작아 보였다. 나 정말 저렇게 생기지 않았는데, 실망에 빠져서 그녀가 말했다. 나 정말 좋은 사람이야. 단지 아무도 날 이해하려고 하지 않을 뿐이야.

라모나가 눈을 다시 비비고 있을 때, 세 명의 키가 큰 소녀들이 나타난 것을 알았다. 그들은 큰 키로 봐서 8학년쯤 된 것 같았는데, 목동들의 옷보다는 좀더 모양이 나은 침대 덮개로 만든 옷을 입고 있었다. 그녀는 우스꽝스럽다고 생각했다. 주일학교에서는 그렇게 큰 소녀들이 나온다는 얘기를 들은 바가 없는데, 예수의 숙모들로 나오는 건가?

그들 중의 한 명이 조그마한 병에 들은 크림을 꺼내 다른 소녀가 받쳐 주고 있는 주머니 거울을 보면서 바르기 시작했다. 또 다른 소녀도 자신의 거울을 보면서 눈썹연필로 진하게 그리기 시작했다.

화장하는구나, 나도 할 수 있었으면, 하고 라모나는 생각했다. 화장을 끝낸 소녀들의 얼굴은 다른 사람 같아 보였다. 라모나는 더 잘 보기 위해 크리스마스 트리의 낮은 가지 쪽을 통해 그들을 지켜 보고 있었다.

그 중 한 소녀가 라모나를 보았다.

"얘, 너, 그 뒤에서 뭐하고 있는 거니?"

"언니들은 예수님의 숙모들이에요?"

소녀들은 그 질문이 재미있었다.

"아니."

한 명이 대답했다.

"우리들은 세 명의 현자들이란다."

라모나가 이상하게 생각했다.

"현자들은 남자들이 해야 한다고 생각했는데."

"소년들이 마지막에 빠졌단다. 그리고 루소 부인은 여자도 현자도 될 수 있다고 해서 오늘 밤 우리가 현자가 된 거야." 라고 가장 짙게 눈썹을 그린 소녀가 말했다.

나중에 커서, 뒤에 숨어서 화장을 하고 나면 아무도 알아보지 못하는 현자가 되고 싶은 라모나에게, 그 아이디어는 아주 좋아 보였다.

"너도 이 연극에 나오니?"

소녀 중의 하나가 물었다.

"예, 난 양으로 나올 예정이었는데, 마음을 바꾸었었어요."

라모나가 말했다. 이제 다시 마음을 바꾼 라모나는 양의 옷을 제대로 입었다.

"얘, 너무 귀엽지 않니?"

현자 중의 하나가 말했다.

라모나는 놀랐다. 그 전에는 아무도 그녀를 보고 귀엽다고 한 적이 없었기 때문이다. 밝다든가, 활발하다든가 소리는 들었지만 귀엽다는 소리는? 없었다. 그녀는 미소를 지으며 자신이 더 사랑스럽게 느껴졌다. 혹시 분홍빛의 귀 때문에 그러는 걸까?

"왜 양이 되고 싶지 않았는데?"

현자 한 명이 물었다.

라모나한테 기발한 생각이 하나 떠올랐다.

"왜냐하면 난 전혀 화장을 하지 않았거든요."

"양이 화장을?"

한 명이 감탄을 하면서 낄낄거렸다.

라모나가 고집했다.

"양은 검정코를 가지고 있거든요."

그녀가 힌트를 주었다.

"나도 검정코를 가질 수 있었으면."

소녀들을 서로를 쳐다보았다.

"우리 엄마한테 말하지 마."

한 명이 말했다.

"내 마스카라가 좀 남았거든. 저 애의 코에 그걸 발라 주자."

"제발!"

라모나가 애원하면서 크리스마스 트리 뒤에서 나왔다.

마스카라 주인은 어깨에 멘 가방을 의자 위에 놓고는 조그만 케이스를 열었다.

"씽크대가 있는 부엌으로 가자."

그녀가 말했고, 라모나가 그들을 쫓아갔다. 소녀는 브러쉬에 물을 적셔서, 케이스 안에 있는 마스카라 위에 문질렀다. 그리고는 그것을 라모나의 콧등에 바르기 시작했다. 조금 간지럽긴 했지만 라모나는 참고 가만히 있었다.

"칫솔로 이를 닦을 때 같아요"

라고 말했다. 그 소녀는 자기가 그려 놓은 것을 보려고 뒤로 물러갔다가 다시 한번 라모나의 코에 마스카라를 덧칠했다.

"자, 이제 너 진짜 양 같아 보인다."

라모나는 정말 자기가 양같이 느껴졌다.

"바—아."

그녀는 마치 양이 고맙다고 하는 것처럼, 울음소리를 냈다. 라모나는 기분이 훨씬 나아져서, 거의 양의 털옷을 입은 것처럼 행동할 수 있었다. 코트를 벗고 보니, 정말로 흐린 불빛에 분홍색 토끼 그림은 잘 보이지 않았다. 그녀는 작은 플래쉬를 촛불 삼아 들고 서있는 천사들 틈으로 얼른 끼어 들었다. 두 마리의 양이 점프를 하고 있다가 그녀를 보고는 멈추었다.

"너 라모나 같지 않다."

호위가 말했다.

"바—아, 나는 라모나가 아냐. 나는 양이다."

소년들을 라모나의 잠옷에 대해서는 한 마디도 하지 않았지만, 자기들의 코도 라모나처럼 검게 하고 싶어했다. 라모나가 그 소녀들이 어디 있다고 얘기하자마자 그들은 그 현자들을 찾으러 달려갔다.

그들이 돌아왔을 때 보니, 더 이상 양의 옷을 입은 데비나

호위 같지가 않았다. 그들은 양의 옷 속에서 전혀 딴 사람 같았다. 그래 나도 전혀 딴 사람같이 보일 거야, 라고 라모나는 행복감을 가득 느끼며 생각했다. 이제 그녀는 연극에 들어갈 수 있고 그녀의 부모들은 자기를 알아볼 수가 없기 때문에, 자기가 나온 것을 모를 것이었다.

"바—아!"

세 마리의 펄쩍펄쩍 뛰는 검은 코의 양이 울어 댔다.

"바—아, 바—아—아."

루소 부인이 손뼉을 쳤다.

"조용, 모두 조용히 해요!"

그녀가 명령했다.

"자, 됐어요. 메리와 요셉은 앞 계단 위쪽에 서요. 목동들과 양이 그 다음, 그리고 현자들, 천사들은 뒷 계단 위쪽에 줄을 잘 맞춰 서있어야 해요."

세 명의 목동들이 양들한테로 와서, 그들 중의 하나가 말했다.

"우리가 양을 어떻게 키웠나 어디 볼까?"

목동 중의 하나가 그의 지팡이로 라모나를 쿡쿡 찔렀다.

"저리 치워."

라모나가 말했다.

"자, 조용, 여러분들."

루소 부인이 말했다.

라모나의 심장이 마치 무슨 흥미진진한 일이 생기기라도 하는 것처럼 두근거리기 시작했다. 계단 위에서 그녀는 발을 들고 문 쪽을 쳐다보았다. 무대 양쪽에 세워 놓은 촛대의 촛불과 스테인드 유리창을 통해 들어오는 불빛이 유일한 빛이었다. 라모나는 교회가 이렇게 아름답고 신비스럽게 느껴진 적이 없었다.

언니는 무대 가운데 낮은 의자에 앉아서 플래쉬를 담은 아기 예수의 담요를 만지고 있었다. 헨리는 그녀 뒤에 서있었다. 양들은 손과 무릎을 꿇고 목동들 앞에 앉아 있었고 세 명의 현자는 한쪽에 서있었는데 마치 그들이 유황과 몰약을 들고 있는 것처럼 자그만 항아리를 들고 있었다. 전기불로 만든 별이 오르간 위에서 빛나기 시작했다. 비아트리스가 담요 안에 있는 커다란 플래쉬 불을 켜자, 그 빛이 그녀의 얼굴을 크리스마스의 카드에서 보곤 하던 마리아의 모습처럼 비추고 있었다. 뒷문에서, 유치원생 천사들이 작은 플래쉬를 촛불처럼 들고 줄을 맞춰서, 둘씩 들어왔다.

"와…."

사람들이 감탄사를 내뱉었다.

앞에 선 천사가 캐롤을 불렀다. 그들은 아무도 라모나가 아까 아래층에서 본 것처럼, 그들의 뺨에 플래쉬를 비추면서 뛰어 놀던 아이들 같아 보이지 않았다. 그들은 착하고 진지하고 그리고…거룩해 보였다.

마치 마술이 일어나고 있는 것 같은, 어떤 전율 같은 느낌이 라모나의 등줄기를 타고 내려왔다. 그녀는 정말로 아기 예수가 그 담요 안에 있는 것 같은 표정으로 플래쉬 불빛을 내려다보며 부드럽게 미소 짓고 있는 비아트리스를 올려다보았다.

놀랍게도 비아트리스는 아주 괜찮아 보였다. 조금은 아름답기까지 하잖아. 라모나는 언제나 언니를, 무엇이든 자기가 먼저 가지려고 하는 그냥 나이만 자기보다 많은 사람으로 생각했다. 그런데 오늘은 갑자기 언니가 자랑스러웠다. 아마도 언니가 마리아처럼 행동하지 않았더라면 둘은 많이 다투었겠지만, 언니가 사실 나쁘게 군 적은 없었다.

성가대가 들고 있는 빛이 훨씬 밝아지자, 라모나는 엄마와 아빠가 두 번째 줄에 앉아 있는 것을 발견했다. 그들도 역시 언니를 보며 자랑스러운 듯 미소를 짓고 있었다. 그것을 보니 라모나의 속이 조금 아파 왔다. 그들은 코를 까맣게 칠한 그녀를 알아보지 못하고 있다. 아마도 그들은 셋 중에 누가 자신의 딸인지도 모를 텐데, 하여튼 라모나는 다른 양이 되고 싶지는 않았다. 그녀는 엄마, 아빠가 알아보는 양이 되고 싶었다. 그래서 라모나를 자랑스럽게 여기기 바랬다.

라모나는 아빠가 비아트리스에게서 얼굴을 돌리고는 자기

를 똑바로 쳐다보고 있는 것을 알았다. 아빠가 나를 알아볼까? 그래, 그는 알아보았고, 라모나에게 윙크까지 했다. 라모나는 속으로 놀랐다. 교회에서 윙크를 하다니! 어떻게 아빠는 저럴 수 있을까? 그런데 아빠가 또 윙크를 하더니 이번에는 그의 엄지손가락과 집게손가락으로 원을 만들어 보이는 것이었다. 라모나는 그제서야 그게 무슨 뜻인지를 알았다. 아빠는 그녀에게 '나는 너도 자랑스럽단다' 하고 말해 주고 있는 것이다.

"새롭게 태어나신 왕의 왕께 경배를!"

천사들이 무대 양쪽 계단으로 올라가면서 찬송을 불렀다.

라모나의 마음은 기쁨으로 가득 찼다. 크리스마스는 1년 중에서 가장 아름답고 신비스러운 시간이다. 그녀의 부모님은 그녀를 사랑했고, 그녀도 그들을 사랑했으며, 언니도 사랑했다. 집에 있는 크리스마스 트리 밑에는 작년 크리스마스보다는 선물이 적을 것이다. 그래도 라모나는 자신의 기쁜 감정을 숨길 수가 없었다.

"바—아."

그녀는 즐거움에 겨워 양 울음소리를 냈다.

라모나는 그녀의 잠옷 엉덩이 부분에 목동의 지팡이가 쿡쿡 찔러지는 것을 느꼈다. 그리고는 그 목동이 이빨을 드러내고 "너 조용히 해!"라고 말했다. 라모나는 다시 울음소리를 내지는 않았다. 그 대신 그녀는 자신의 꼬리가 흔들리도록 엉덩이를 흔들어 댔다.■ (비버리 클리어리)

# 아일랜드에서의 크리스마스

사무실에 있는 모든 사람들이 벤에게 크리스마스를 자신들하고 같이 보냈으면 한다고 했다. 그는 그들에게 자기는 정말로 괜찮으니 마음쓰지 말라고 말하기도 이젠 지쳤다.

그러나 그는 결코 괜찮아 보이지 않았고, 말하는 목소리도 그랬다. 사랑하는 아내를 지난 봄에 먼저 떠나 보낸 그는, 덩치만 큰 슬픔에 젖어 있는 사람이었다. 어떻게 그가 괜찮을 수 있겠는가? 주위에 대하는 모든 일들마다 엘렌을 생각나게 하고 있는데… 다른 사람들을 만나러 레스토랑으로 달려가고 있는 사람들, 꽃을 들고 가는 사람들, 집에서 보낼 준비를 하는 사람들. 크리스마스에는 모두 분주해질 것이다.

그러나 이런 크리스마스 때문에 벤은 더욱 괴로워질 것이다.

그래서 그를 아는 사람들은 자꾸 그를 초대하려고 하는 것이다.

추수감사절을 그는 해리와 제니와 그들의 아이들하고 보냈다. 그러나 자꾸만 엘렌하고 같이 보냈을 때가 생각났다. 그래서 그들과 보내는 시간이 얼마나 지루했는지, 칠면조 요리는 얼마나 빡빡했으며 호박 파이도 얼마나 맛이 없다고 생각했는지, 그들은 몰랐을 것이다.

그래도 그는 그들에게 미소도 짓고 감사의 말도 하면서 그 자리에 어울리려고 했지만 마음속에는 납덩어리가 있는 것같았다. 엘렌에게는, 그녀가 죽은 후에도 사람들하고 잘 어울리면서 잘 지내겠다고, 낮에는 일만 하고 밤에도 은둔자처럼 살지 않겠다고 약속했었다.

그런데도 그는 그 약속을 지키지 못하고 있었다.

그러나 엘렌은 그것이 얼마나 힘든 일인지 알지 못했을 것이다. 추수감사절에 해리와 제니와 테이블에 같이 앉아 있을 때 덮쳐드는 상실의 아픔을 그녀는 몰랐을 것이다. 자꾸만 제니가 작년의 생생하고 건강하던 엘렌의 모습을 떠올리게 했을 때도 무척 힘들었다.

정말로 벤은 크리스마스를 다른 사람하고 보낼 수가 없었다. 크리스마스는 항상 그들 부부만의 특별한 시간으로, 트리를 만들면서 내내 즐겁게 웃었고 서로를 안아 주곤 했었다. 엘렌은 그녀의 고향인 스웨덴의 숲속, 아주 커다란 나무들에 대한 이야기를 했고, 그러면 그는 브룩클린에서 산 나무 이야기와, 고객들이 거의 다 가버렸을 늦은 크리스마스 이브엔 트리의 가격이 절반밖에 안 된다는 이야기를 했다.

사람들은 그들에게 자녀가 없었기 때문에 누구보다도 서로를 사랑하게 된 것이라고 말했다. 그들은 자신들의 사랑을 공유할 사람도, 빼앗아 갈 사람도 없었다. 엘렌은 직장일도 열심히 했지만 케이크와 푸딩, 또 특별 요리도 잘 만들었다.

'당신에게 확실하게 해두고 싶은 건 아마도 당신이 다른 여자 때문에 내 곁을 떠나는 일은 절대로 없을 것…' 이라고 그녀는 미소를 지으며 말했었다.

"어느 누가 당신에게 크리스마스 때마다 그렇게 많은 요리를 해줄 수 있겠어요?"

그렇지 않다 해도 그는 절대로 그녀를 떠나지 않았으며 그녀가 그 화창한 봄날에 자기를 두고 갑자기 떠났다는 것은 더더욱 믿을 수 없었다.

여하튼 뉴욕에서 다른 사람들과 크리스마스를 보내는 것은 참을 수 없었다. 그러나 그들은 모두 너무나 친절했기 때문에 그들의 대접이 부담스럽고 싫다고는 도저히 말할 수가 없었다. 그래서 그는 다른 곳으로 떠나는 척 해놓았지만, 도대체 어디로 가야 한단 말인가?

직장으로 가는 길에, 매일 아침 그는 아일랜드의 사진을 붙여 놓고 있는 여행사를 지나쳤었다. 그는 자신도 왜 그곳을 행선지로 택했는지 알 수 없었다. 아마도 그곳은 엘렌하고 가본 적이 없었기 때문일 것이다.

그녀는 항상 태양이 있고 추위가 심하지 않은 곳으로 가고 싶어했다. 노르웨이 계 사람들은 햇빛에 목말라하고 있었기 때문에, 그녀는 겨울이면 멕시코나 섬으로 가려고 했다. 그들이 거기 가서 있다 보면 엘렌의 창백한 피부가 금색으로 변하고 그들은 서로를 꼭 껴안고 같이 걸어가곤 했는데, 그는 자신이 이런 식으로 혼자서 여행하게 되리라고는 생각도 하지 못했었다.

우리들은 서로를 보며 웃곤 했지, 벤이 생각했다. 엘렌은 사람들에게 항상 따뜻하게 베풀었고, 동행이 없는 사람에게는 얘기도 잘 걸곤 했다.

"이번 크리스마스를 난 아일랜드에서 보낼 거야."

벤이 사람들에게 확고하게 말했다.

"일은 조금 하고 많은 휴식이라."

그는 마치 그가 무엇을 할 것인지를 아는 사람같이, 자신있는 말투로 말했다.

그는 동료들이나 친구들의 얼굴에서, 그가 무언가를 계획하고 있다는 것을 알자 기뻐하는 것을 볼 수 있었다. 그는 자신이 아일랜드에 가는 것에 대해 간단하게 설명했음에도, 사람들이 그토록 쉽게 받아들이는 것을 보고는 놀랐다. 몇 달 전, 만일 한 동료가 아일랜드에서 일하면서 휴식을 취하겠다고 하면 벤도 역시, 모든 일이 잘 되어 가고 있나 보다 하면서, 고개를 끄덕끄덕했을 것이다.

사람들은 근본적으로 다른 사람들에 대해서는 깊이 생각

하지 않는 것이 아닐까.

그는 여행사로 가서 예약을 했다.

카운터에 앉아 있던 아가씨는 작고 피부빛이 어두웠는데, 코에는 여름이 되면 엘렌에게 생기곤 하던 주근깨를 가지고 있었다. 그런 주근깨를 이 춥디추운 뉴욕에서 보게 되다니 이상한 일이었다.

그녀는 자신의 이름을 재킷에 핀으로 꼽아 두고 있었다. —

피오눌라.

"확실히 흔한 이름은 아니네요."

벤이 말했다. 그는 그녀에게 명함을 내밀면서 아일랜드의 크리스마스에 대해 상세히 알고 싶으니 카탈로그를 보내 달라고 부탁했다.

"오, 아일랜드에 가면 선생님 같은 분을 수십 명은 만날 수 있죠. 선생님은 피해 다니는 중이시죠?"

벤은 생각지도 않았던 질문에 놀랐다.

"왜 그런 말을 물어 보죠?"

그는 그 이유를 알고 싶었다.

"음, 선생님의 명함을 보니, 부회장으로 되어 있네요. 대개 그 정도의 지위에 있는 사람들은 직원들이 와서 예약하지 자신이 직접 하는 법이 별로 없거든요. 무슨 비밀스런 일이 있는 것 같아서요."

그녀의 억양에는 아이리쉬 액센트가 들어 있어서 그는 벌써 아일랜드에 가있는 것 같은 느낌마저 들었다. 그녀의 나라에서는 사람들이 이상한 질문을 하고 거기에 대해 답하는 것이 흥미 있을 것 같았다.

"맞아요, 피하고 싶어요. 근데 법 때문은 아니고 친구나 동료들로부터요. 그들은 나하고 같이 크리스마스를 보내길 원하는데, 난 정말 그러기 싫거든요."

"그러면 왜 선생님은 선생님 자신의 계획은 없는 겁니까?"

"왜냐하면 내 아내가 지난 4월에 죽었거든요."

그는 전에는 그런 말을 한번도 해본 적이 없는 것처럼 비통하게 말했다.

"그렇다면 선생님께서는 너무 시끄러운 것은 원치 않으시겠네요?"

그녀가 말했다.

"그럼요, 그저 전형적인 아일랜드의 크리스마스면 돼요."

"미국에 전형적인 미국식의 크리스마스가 있다고 아일랜드에도 그런 게 있는 건 아니예요. 만일 선생님께서 어떤 도시로 가신다면, 그곳에 있는 호텔을 예약해 드릴 수 있습니다. 거기에는 크리스마스 프로그램이 있고 아마도 춤과 경기들도 있겠죠…. 또는 나라 안의 어떤 곳으로든 가실 수 있어요. 스포츠를 즐기거나 사냥을 하거나 아니면 아무도 만날 수가 없는 곳에 오두막을 하나 빌려서 지낼 수도 있겠지만, 그건 너무나 외로워서 좋지 않은 것 같군요."

"그러면 아가씨는 제게 어떤 것을 추천하시겠습니까?"

벤이 물었다.

"저는 선생님을 잘 몰라요. 무엇을 좋아하는지도 모르고. 제게 선생님에 대해 좀더 말씀해 주시겠습니까?"

그녀는 단순했고 직선적이었다.

"만일 아가씨가 모든 고객들에게 그렇게 말한다면 당신한테 예약하려면 적어도 3주는 걸리겠네요."

피오눌라가 기운 좋게 그를 쳐다보았다.

"전 모든 고객들에게 이렇게 말하는 것이 아니고 오로지 선생님한테만 그러는 거예요. 선생님은 부인을 잃으셨다는 것부터가 그들과 다른 거예요. 그래서 선생님께 알맞은 장소를 권해 드리는 건 중요한 일이죠."

내가 아내를 잃은 건 사실이지, 라고 벤은 생각했다. 그의 눈에 눈물이 가득 찼다.

"그러니까 선생님께서는 가족들이 있는 광경은 원치 않으신단 말이죠?"

그녀는 그가 울려고까지 하는 모습을 못 본 체하고 물었다.

"나처럼 멀리 떨어져서 혼자 있고 싶다는 사람을 발견한다면 모를까. 그들은 누구하고 같이 지내는 것을 원하지 않거든요."

"선생님한테 그것이 그렇게 힘든 일인가요?"

연민에 가득 차서 그녀가 말했다.

"아내가 없는 나머지의 삶은 재앙일 뿐이지 도시는 짝들을 잃은 사람들로 가득 차게 되어 있는 것 같아요."

벤은 그의 피난처로 돌아갈 것이다.

"선생님은 저의 아빠와 같이 계시면 좋겠네요."

그녀가 말했다.

"뭐라구요?"

"만일 선생님께서 거기에 가셔서 아빠하고 같이 보내신다면, 제게도 아주 커다란 호의를 베푸시는 거예요. 저희 아빠는 선생님보다 더 사람들로부터 떨어져 있는 것을 좋아하시거든요. 그는 이번 크리스마스도 혼자 보내실 거예요."

"아, 알겠어요, 그러나…."

"그리고 그는 큰 돌로 만든 농가에서 두 마리의 콜리 종 개와 살고 있는데, 매일 개들을 산책시키려고 해안을 따라서 몇 ㎞씩을 걸으시죠. 마을길을 0.8㎞쯤 내려가면 커다란 술집이 있어요. 아빠는 자기 외에는 볼 사람이 없기 때문에 크리스마스 트리도 안 해놓으실 거예요."

"그런데 왜 아가씨가 아빠한테 가지 않는 거죠?"

벤은 피오눌라가 그에게 말하는 식으로 똑같이 직접적으로 물었다. 사실 그는 피오눌라 같은 아가씨를 한 번도 만난 적이 없었다.

"왜냐하면 저는 고향에서부터 한 남자를 따라 이 뉴욕까지 왔어요. 내 생각으론 그가 날 사랑하고 있는 게 분명하거든요. 어떻든 우리는 괜찮을 거예요.."

만일 모든 것이 괜찮다면 아빠를 혼자 두고 이렇게 온 것이 확실히 괜찮은 일은 아니지 않냐고 그녀에게 물어 볼 필요가 없었다.

그녀가 곧 이어 말했기 때문이다.

"아빠도 거길 떠나길 싫어하시고, 저도 그렇고, 그래서 저는 여기 있고, 그는 거기 있는 거예요."

벤이 그녀를 쳐다보았다.

"그러나 아가씨가 아빠한테 전화 걸 수도 있고, 그가 전화할 수도 있잖아요."

"그게 그렇게 쉽지가 않아요. 아빠와 전 서로 전화 끊는 것을 두려워하거든요."

"그러고 보니 내가 평화의 중재자가 되겠군."

벤이 갈 뜻을 비쳤다.

"선생님은 아주 친절하고 좋은 인상을 가지고 계신 데다가, 특별히 하실 일도 없으시잖아요."

두 마리의 콜리 종 개들의 이름은 선셋과 시위드였다. 그녀의 아버지 니알 오코너는 개들의 이름을 몇 년 전 딸애가 지었는데, 개들에게는 어울리지 않은 엉뚱한 이름이라서 미안해했다. 그러나 개는 믿어도 좋다고 했다.

"아니면 따님도요."

평화의 중재자인 벤이 한마디 거들었다.

"그렇습니다."

그녀의 아빠가 말했다.

그들은 읍내에서 쇼핑을 하면서 크리스마스에 먹을 만한 음식, 스테이크와 양파, 치즈 초콜렛이 가득 들어 있는 고급 아이스크림을 샀다.

그들은 크리스마스 이브에 자정 미사를 보았다.

오코너는 자기의 아내 이름도 엘렌이었다고 말했다. 그들은 함께 실컷 울기도 했다. 그 다음날 스테이크를 요리할 때,

그들은 전날 울었던 것에 대해서는 한마디도 꺼내지 않았다.

그들은 언덕 위로 산책을 가서 호숫가를 돌아다녔고 이웃집을 방문해서 마을 사람들에 관한 몇 가지 소문도 주워 들었다.

그들은 언제 벤이 뉴욕으로 돌아갈 것인가에 대해 날짜도 정하지 않고 있었다.

"피오눌라에게 전화를 해야겠네요."

벤이 말했다.

"그 앤 당신의 여행 에이전시입니다."

오코너가 말했다.

"그리고 당신의 딸이죠."

피오눌라는 뉴욕이 지금 많이 춥긴 해도 휴가가 끝나 다시 일상생활로 돌아와 있다고 말했다. 아일랜드에서는 보통 2주 정도씩 휴가를 보내고 있었다.

"현재까지는 아주 좋아, 전형적인 아이리쉬 크리스마스를 보내고 있어요."

벤이 말했다.

"아무래도 전형적인 아이리쉬 새해도 보내야 할 것 같아서… 내 비행기표는 어떻게 되는 거죠?"

"선생님 표는 오픈 티켓이니, 오시고 싶은 때 정하시면 돼요…그런데 그것 때문에 전화하신 거예요?"

"우리 둘은 피오눌라가 이리로 와서 우리하고 같이 새해를 보냈으면 해서 전화했어요."

그가 말했다.

"누가 그걸 바라고 있는데요…."

"글쎄, 선셋과 시위드 그리고 오코너와 나까지 합해서 모두 넷이 바라고 있다고 할까."

그가 말했다.

"내가 그 모두를 전화에 대줄 수는 있지만, 개들은 자고 있고, 오코너만 여기 있어요."

그는 전화기를 그녀의 아빠한테 넘겨 주고, 그들이 이야기를 나누는 동안, 문 밖으로 나가서 다른 쪽에 펼쳐져 있는 대서양을 바라보았다.

밤하늘은 별들로 가득 차있었다.

저 하늘 어디엔가, 두 사람의 엘렌이 이 모습을 보고 즐거워하고 있을 것이다. 그는 깊은 숨을 내쉬면서 지난 봄 이래로 처음으로 마음 저 깊은 곳에서 자유로움을 느끼고 있었다.

■ (메이브 빈치)

# 천사와 다른 나그네들

아를렌느로부터 편지를 받자마자, 야곱은 워싱턴까지 걸어갈 작정을 했다. 거기까지 얼마나 오래 걸릴지 알 수는 없었다. 트럭이 고장나기 전이라면 한 시간 정도밖에 안 걸리는 거리였지만, 지금까지는 한 번도 걸어갈 생각은 하지 않았다.

60세인 그는, 젊을 때 가졌던 힘과 참을성이 많이 없어지긴 했지만, 그래도 아직 어느 정도는 남아 있겠지라고 생각했다. 만일 일정한 보폭을 유지한다면, 아마 아침까지는 닿을 수 있을 것이다. 아니면 적어도 버스가 다니는 장소까지만 가면, 주머니에서 허락하는 돈만큼 버스를 탈 수도 있었다.

아를렌느가 그를 필요로 하고 있기 때문에, 그는 걸어서라도 꼭 가야만 했다. 그의 귀여운 손녀딸인 아를렌느는 그가 가지 않는다면, 혼자서 애를 낳게 될 것이다. 그녀는 도시에서 달랑 혼자였기에 두려워했으며 할아버지를 간절히 필요로 했다. 그래서 그는 죽은 아내의 코트를 입은 그 위에 자기 코트를 입고 출발했다. 두 벌의 코트는 눈으로 인해 몸이 젖는 것을 막아 주겠지만, 아내의 코트는 너무 작아서 그의 팔을 제대로 덮고 있지도 못했다.

"내가 간다, 아를렌느 아가야."

그는 시골길을 걸어가면서 혼자 중얼거렸다.

"너하고 크리스마스를 보내려고 지금 내가 가고 있어."

만일 누군가가 차를 멈추고는 같이 타고 가자고 한다면 얼마나 좋을까, 하고 그는 생각했다. 황폐하고 광활한 시골이지만, 이곳에도 가끔씩 차가 지나가곤 했다. 딱 한 번, 그는 거의 손을 들었다가 도로 내려놓으면서 생각했다. 어느 누가 이 사람도 없는 길에서 흑인을 태워 줄까? 그는 하나님이라면 모르지만, 이라고 희망을 가져 보았다가 그래, 내 두 발을 믿자고 마음먹었다.

워싱턴에서, 줄리아 톰슨은 일하면서 콧노래를 흥얼거리고 있었다. 왜 그렇게 그녀는 행복한가? 그것은 그녀에게는 예쁜 두 명의 아이들과 사랑스런 남편이 있기 때문이었다. 또한 그녀의 남편 월터가 크리스마스 이브 예배에서 찬송을 부르게 됐기 때문이다. 그녀는 항상 그의 목소리가 자랑스러워서 그것을 들을 때면 전율마저 느끼곤 했었다. 또 한 가지 이유는 크리스마스가 거의 다 되었기 때문이다. 게다가 무엇보다도, 그녀가 월터를 알게 된 후로, 처음으로 패티 숙모하고 따로 보내는 첫 번째 크리스마스였기 때문이었다.

패티 숙모는 월터의 살아 계신 유일한 친척이었다. 그녀는 마땅히 존경을 받아야 했지만, 그녀가 끼면 조용히 넘어가는 일이 하나도 없었다. 더군다나 지난 3년간은 불운의 연속으로, 크리스마스 이브 예배를 보러 가다가 교회에서 넘어져서 병원까지 달려가게 만드는 나이 든 숙녀한테 어떻게 투덜댈 수 있겠는가?

또 패티 숙모는 두 살 난 아이에게 단추 눈동자가 달린 테디 곰인형을 주면 그 애가 그걸 파내서 삼키게 되리라는 것쯤은 아셔야 하지 않았을까? 그러나 숙모는 그것을 몰랐고 그래서 크리스마스 이브에 케빈을 응급실로 데리고 가게 한 일이 벌어진 것이다.

작년에는, 줄리아의 걱정에도 불구하고 모든 일이 제대로 되는 것 같았다. 적어도 그들이 케빈의 동생을 보게 될 거라고 얘기할 때까지는 그랬다. 사회적인 문제에 걱정이 끊이지 않는 숙모는 그 얘기를 듣자, 놀랍게도 세계에서 굶어 죽어가는 사람들을 위해 슬픔의 눈물을 흘렸다.

그러나 여기에 배고픈 수백만 명에다 하나를 더 보탰으면서도, 배불리 먹고 감히 행복해하기까지 하는 그들이 있었다.

그러나 올해에는 월터의 주장에도 불구하고 패티 숙모는 도시까지 48㎞나 되는 여행을 하지 않을 것이라고 결정했다. 날씨가 불확실했고, 그녀의 몸도 그렇게 좋지 않다고 했다. 줄리아는 제니가 태어난 후로는 가져 보지 못했던 기운으로 집을 치우고 쇼핑도 하고 빵까지 구웠다. 게다가 아이들하고 오래 산보도 하고 케빈에게는 큰 소리로 책까지 읽어 주었다. 이번 크리스마스는 경이로운 날이 될 것이었다.

줄리아는 아기가 낮잠을 자도록 내려놓고 케빈을 데리고 침대로 가서 그에게 책을 읽어 주었다. 보통, 케빈은 읽어 주는 대로 들었는데, 오늘은 '크리스마스 전날 밤'이라는 글을 읽어 달라고 졸랐다.

"알았어."

그녀가 말했다.

"조그만 소년들은 엄마 속태우는 걸 좋아해"

라고 케빈이 점잖게 말했다.

그녀는 그를 꽉 안아 주었다.

"이제 이 이야기는 성경에서 나오는 얘기야. 잘 들어야 한다. 알았지?"

"네."

그녀는 아이에게 마리아와 요셉이 나자렛에서 베들레헴으

로 내려가게 된 이유와 사람이 꽉 들어 찬 여인숙, 그리고 구유 이야기도 했고 들판에 있는 목자에 대해서도 말해 주었다.

"그리고 하나님의 천사가 그들에게 내려와서, 케빈 아마도 굉장한 빛이었을 거야. 그들 주위를 비추자 그들은 두려움에 떨었지. 그러자 그 천사가 그들에게 말했어. '두려워 마라…' 하고."

"왜 그들이 두려워했는데, 엄마?"

"잘 모르겠어. 아마 그 빛과 이상함 때문이었을 거야. 그들은 그전에 진짜 천사를 한 번도 본 적이 없었거든."

그 애는 그 말을 알아듣고 만족스러워하는 것 같았다. 그녀가 계속 읽어 가자 애가 졸기 시작했고, 그가 완전히 잠들 때까지 조용한 목소리로 한 장 전체를 다 읽어 주었다.

케빈이 잠들자, 줄리아는 아이에게 베개를 잘 베어 주고 부엌으로 와서 점심에 어질러 놓은 것들을 치우고 저녁 준비를 했다. 집에 귤이 없다는 것을 안 것은 그때였다. 케빈이 이제

네 살이고 제니는 겨우 다섯 달밖에 안 되었지만, 크리스마스 양말 코에 귤이 없다는 것은 우스운 일이었고 뭔가 불완전한 느낌이 들었다. 그래서 줄리아는 이번이야말로 완벽한 크리스마스를 만들려고 결심했다. 그녀는 이웃집에 사는 베키에게 아이들을 맡기고 단지 몇 가지를 사기 위해 슈퍼로 차를 몰고 갔다. 그녀는 20분 만에 집에 돌아왔다.

"별일 없었지?"

줄리아가 베키에게 물었다.

"그럼요. 당신의 숙모가 전화하셨어요."

줄리아의 가슴이 무겁게 가라앉았다.

"그녀의 말이 맘이 변했으니 톰슨 씨가 자기를 데리러 오게 하라던데요."

줄리아는 베키로 하여금 아이들을 계속 보게 하고 패티 숙모를 바로 모시러 가야 했지만 그렇게 하지 않았다. 그녀는 어떻게 할까에 대해 마음도 정하지 않고 베키를 집으로 돌려보냈다. 그 메시지를 못 받은 것처럼 해버릴 수 있을까? 아냐, 그러면 안 되지.

일단 월터의 사무실로 전화를 걸었다. 시계를 보니 3시 30분. 만일 그가 지금 당장 출발한다면, 베델까지 가서 패티 숙모를 모시고 그의 성가대 연습시간까지는 올 수 있었다.

그러나 그의 비서가 말하기를, 버지니아에 있는 공장에서

사고가 생겨서, 월터는 상황을 알기 위해 그곳으로 갔다는 것이었다. 그래서 만일 그가 사무실로 전화를 하면, 집으로 전

화를 해달라는 메시지만을 남길 수 있었다.

상황이 이런데 어떻게 해야 할까. 지금은 너무 늦었다. 만일 그녀가 베키한테 아이들을 봐달라고 다시 부탁을 하지 않는 한은, 패티 숙모를 오늘 집으로 모시고 올 방법은 없었다. 마음은 내키지 않았지만 그녀는 베키네 집의 다이얼을 돌리다가 생각했다.

그래, 베키는 벌써 친구하고 나갔을 거야. 그녀는 피곤함을 느꼈다. 어느 누구도 이런 나쁜 날씨에 자고 있는 아이 둘을 데리고 여자 혼자, 메릴랜드까지의 먼 길을 드라이브해서 가리라고는 생각하지 않을 것이었다.

전화가 울렸다.

"줄리아?"

물론, 패티 숙모였다.

"내가 한 말을 잊어버리렴. 이렇게 바쁜 시간에 나 때문에 월터를 귀찮게 하면 안되겠구나. 게다가 눈까지 오는 것 같은데. 여기까지 오라고 하는 것은 너무 어리석은 일 같다."

잠에서 깬 케빈이

"누가 전화한 건데, 엄마?"

라고 물으며 방에서 나왔다. 아직도 반은 잠이 덜 깨어 있었다.

"패티 숙모님이란다."

줄리아가 말했다.

"패티 숙모구나!"

그 애의 얼굴이 환해졌다.

"크리스마스에 우리 집에 오신대?"

"네 기분을 망치지 않았으면 싶구나." 패티 숙모가 말하고 있었다. "그냥 내가 한 말은 잊고 재미있는 시간들을 보내렴—."

"숙모님."

줄리아가 피곤해하며 말 중간에 끼여들었다.

"저희들이 될 수 있는 한 빨리 그쪽으로 갈게요."

숙모는 아무 말이 없이 한동안 조용히 있었다.

"글쎄, 이런 날씨에 여기까지 오게 하는 건 좀 그렇구나… 뭐, 좋다. 네가 고집한다면 말이다."

줄리아는 아기를 깨워서, 두 아이를 차에다 태웠다. 벌써 어두워지고 있었고 가볍게 눈까지 내리고 있었지만, 길이 위험하다는 생각은 솔직히 들지 않았다. 천천히 운전한다 해도, 메릴랜드 시골의 숙모한테 가서 다시 이곳으로 돌아오면 교회에 갈 시간은 될 것 같았다. 물론, 그녀는 크리스마스 이브, 오후의 밀리는 교통 상황을 고려하지 못하고 있었다. 그들은 거의 기다시피 하는 속도로 가고 있었고, 서로에게 대고 경적을 울려 대고 있었다.

제니가 뒷 자리에서 자고 있는 동안, 케빈은 떠들어 대고 있었다. 그 애는 산타 클로스가 들어갈 자리에 패티 숙모를 넣고 노래를 불러 대고 있었다. 줄리아가 패티 숙모를 그렇게 좋아하지 않고 있다고 해서, 케빈의 마음속에 숙모에 대해 좋지 않게 생각하게 할 수는 없었다.

그들이 고속도로로 접어들었을 때는 거의 5시가 되어 가고 있었고, 속도를 낼 수가 없는 정도였다. 만일 앞을 보기가 어려웠거나 길이 얼었다면, 그녀는 돌아서서 집에 가야만 했다.

그러나 이제 와서 아들을 실망시키지 않으면서도 스스로 스크루지가 되살아난 것같이 느끼지 않고 도로 집으로 돌아갈 수 있는 방법은 없었다.

차의 기름도 얼마 없긴 해도, 숙모네 가는 길에 있는 주유소에서 기름을 넣을 수 있으므로 그녀는 계속 갔다. 그런데 그 주유소에 닿고 보니 크리스마스 이브라 문이 닫혀 있었다. 그래서 그냥 패티 숙모네 집으로 갔다.

"케빈, 제니하고 여기 가만히 앉아 있어라. 가서 숙모님을 모시고 바로 돌아올게."

그녀는 뒷문으로 가는 길 쪽으로 차를 운전했다. 눈발은 조금씩 날리고 있었지만, 날씨는 제법 추웠다. 그녀가 문 쪽으로 달려가 보니, 문이 활짝 열려 있었다.

"숙모님?"

그녀는 현관에서 큰 소리로 불렀다. 숙모가 키우고 있는 고

양이 한 마리가 야옹거리며 계단에서 팔짝 뛰어 내려오고 있었다.

"숙모님?"

그녀는 이 나이 든 숙녀가 집안 어디엔가 누워 있는 것은 아닌가 싶어 갑작스레 겁이 나기 시작했다. 그때 그녀의 눈에 부엌 테이블에 붙어 있는 노트가 들어왔다.

"월터, 나 잠깐 거트루드네 집에 갔다올게. 그 집으로 나를 데리러 오너라. 아니면 오래 걸리지 않을 테니 여기서 기다리렴"이라고 메모에는 적혀 있었다. 월터야 물론 거트루드가 누군지 알겠지만 그녀는 몰랐다. 전화번호부를 찾아봐야 하는 것도 생각하지 못하고 있었다.

그녀는 차를 세워 놓은 곳으로 도로 갔다.

"패티 숙모는 어디 계셔?"

케빈이 물었다. 진짜로 숙모님은 어디를 가신 걸까?

"숙모님은 친구를 보러 가셨나 봐, 금방 돌아오실 거야. 그동안에 우리는 차에 기름이나 넣으러 가자. 우리가 돌아올 때쯤 되면, 숙모님도 집에 와계시겠지."

"왜 숙모는 집에 없는 거야? 우리가 오는 걸 몰랐나?"

줄리아는 엔진 시동을 걸고 뒤로 차를 뺐다. 화를 내서 크리스마스를 망치고 싶지 않은 것이 그녀의 마음이었다.

"왜, 엄마, 어디 가셨어?"

"나도 모르겠다. 케빈. 말씀을 안 하셨거든."

"엄마가 보기는 했어?"

"아니, 그냥 메모만 남겨 놓으셨어."

당연히 월터 앞으로 쓰신 메모였다.

"뭐라고 하셨는데?"

"그냥 몇 분 동안만 어디를 갔다온다고 하셨어."

"왜?"

"케빈!"

"왜 나한테 소리를 지르는데, 엄마?"

"케빈, 그만 해. 길을 잘 살펴봐야 하거든."

도대체 주유소는 어디 있는 거지? 크리스마스 이브, 다섯 시 삼십 분이니 하나 정도는 열었을까? 여기 어디쯤에 쇼핑센터가 있었는데. 그녀는 월터하고 한번 온 기억이 났다. 만일 그녀가 그 길을 기억할 수 있다면 거기로 가면 좋을 텐데. 패티 숙모네 길은 좁은 2차선의 시골길이고 집도 몇 채 없었다. 윈도우 와이퍼가 눈을 창문 옆쪽으로 밀어 내고 있었고, 그녀는 헤드라이트가 비치는 한에서 앞쪽을 뚫어지게 쳐다보며 운전을 하느라 기름 게이지는 살펴볼 생각도 못하고 있었다.

어둠 속에서는 어떤 것도 익숙하지 않았다. 그녀가 애 써가며 여기까지 온 건데. 운전은 항상 남편이 했다. 그녀는 집에 앉아서 숙모를 기다려야만 했지만, 이젠 차를 돌려서 돌아가기에는 너무 늦어 버렸다.

"왜 차를 멈추는 거야, 엄마?"

줄리아가 핸들에 이마를 댔다. 무섭지는 않았지만, 그녀는 두 아이를 데리고 있으니 어떻게 해야 할까를 똑똑하게 생각해야만 했다.

아기가 깨서 크게 울기 시작했다.

"아기가 깼어, 엄마."

"알고 있단다, 얘야."

"왜 차를 멈추었는데."

"너무 겁먹지 마라, 기름이 없어서 그래. 모든 게 괜찮아질 거야."

"겁은 안 나. 근데 아기가 겁내는 것 같아. 난 불안해."

"그럼, 잠깐만 엄마 옆으로 오렴."

그녀는 뒷자리 쪽으로 손을 뻗어 케빈의 좌석 벨트를 풀어 주었다. 그 애는 앞좌석으로 옮겨 앉으면서 행복해했다.

"눈이 멈추었네."

네 살짜리답게 그 애가 말했다.

자 이제 하나씩 하자. 그녀는 제니를 베이비 체어에서 꺼냈다. 먼저, 아기는 먹어야 한다. 아이에게 우유를 먹이는 동안 그녀는 케빈에게 노래를 불러 주었다. 혹시라도 동생은 먹는데 자기는 못 먹나 하는 생각을 할까 싶어서.

그들이 하늘에서 내려오는 영광에 대한 노래를 부르고 있을 때, 케빈이 헤드라이트 빛의 앞쪽을 가리켰다.

"봐, 엄마!"

야곱은 처음, 그 차의 헤드라이트가 올라오다가 다시 길 쪽으로 내려가더니 재빨리 사라지는 것을 보았다. 그는 계속 걷고 있었고, 걸어가다가 그는 그 불빛이 다시 나타나기를 기다리면서, 커다란 플래쉬를 흔들어 보았다. 근데 이젠 문제가 생긴 것 같았다. 만일 어떤 기적이 일어나서 그에게 같이 타고 가자고 한다 해도 그 차는 길이 아닌 길로 가고 만 것이다.

눈발은 그치고 있었고, 그의 플래쉬에서 나오는 불빛으로도 어둠 속에 차가 한 대 서있는 것이 보였다. 안에는 사람들

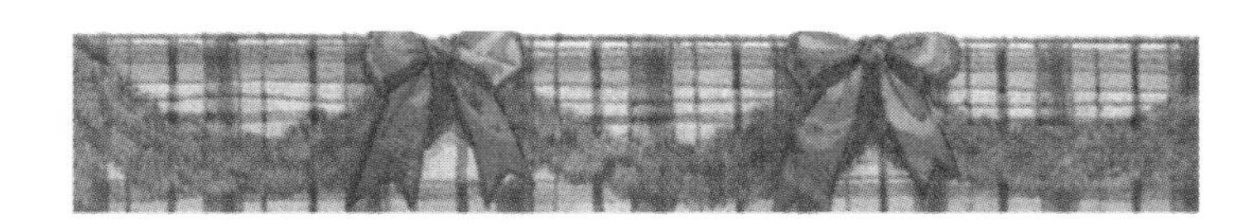

도 있었다. 그는 잠깐 머뭇거렸다. 만일 속임수라면? 자신이야 죽어도 괜찮겠지만 그는 워싱턴에 가야만 했다. 아마도 여기서도 누군가가 도움을 필요로 하고 있는 것일 거다. 그는 길을 건너서, 운전석 쪽으로 가기 시작했다.

"엄마, 저기 봐!"

케빈이 다시 말했다.

'하늘에서부터 영광의 빛이 내려오다. 강한 빛이 위를 비추다가 그들 쪽을 비추기 시작했다' 라는 노래를 부르다가 멈추고 줄리아는 무엇이 오고 있나를 보았다. 마침내 빛 뒤에서 그녀는 크고 단단해 보이는 그림자를 알아볼 수 있었다. 그녀는 모든 차문이 단단히 닫혀 있나를 재빨리 확인하고는 아이를 가슴에서 떼어 놓으면서, 떨리는 손으로 옷매무새를 고쳤다.

그 플래쉬 불빛은 그녀 차문 쪽을 직접 비추고 있었다. 그녀는 밝은 빛을 마주 대하자 눈을 깜빡거렸다. 그리고 눈을 떴을 때, 그녀는 키가 크고 덩치가 좋은 흑인의 얼굴이 작은 그녀의 차, 옆 창문을 가득 채우고 있는 것을 볼 수 있었다. 그녀의 얼굴하고는 몇 cm 떨어져 있는 정도였다. 그 남자는 낡아서

손가락이 다 드러나고 있는 고동색 장갑을 낀 손으로 창문을 두들기면서, 창문에다 대고 뭐라고 하는 것 같았다. 줄리아는 아기를 꽉 품에 안고 앞쪽만 쳐다보았다.

케빈이 그녀 쪽으로 몸을 기울이면서 창문에다 대고 말했다.

"하이!"

"하이!"

옆눈으로 그녀는 그 흑인의 얼굴이 활짝 웃고 있는 것을 볼 수 있었다. 뺨에는 빳빳한 흰 털이 가득 나있었고 치아는 몇 개가 빠져 있었다. 그녀는 케빈을 제지하려고 붙잡으려 했다.

"뭘 도와 드릴까요?"

이번에도 그 남자는 창문을 통해서도 그녀가 충분히 들을 수 있게 큰소리로 고함을 쳤지만 그녀는 고개조차 돌리지 않았다.

"엄마, 왜 그 좋은 사람한테 대답도 안 하는 거야?"

"쉿, 케빈. 우리는 그가 무엇을 원하는지 모르잖아."

"그는 우리가 무슨 도움이 필요한지 알고 싶어해."

그 남자는 창문가에 더 가까이 얼굴을 대고 다시 소리를 질렀다.

"두려워하지 마세요, 숙녀분."

"들었지, 엄마?"

"케빈, 제발 가만히 있어라."

"그러나, 엄마, '두려워 마라!' 는 말은 바로 천사가 한 말이잖아."

"케빈, 안 돼!"

그러나 그녀가 케빈을 잡기도 전에 케빈은 문의 잠금 장치를 잡아당겨서 차문을 열고 밖으로 뛰어나갔다. 그 남자는 금방 그를 잡으려고 차를 돌아왔다.

"내 아이를 만지지 마세요!"

줄리아는 고함을 치면서도, 아이는 여전히 꼭 껴안은 채로, 핸들 아래에서 두려움에 떨고 있었다.

"당신은 애가 길가로 뛰쳐 나가는 걸 원하지는 않죠?"

"물론이에요. 감사합니다."

그녀는 케빈의 손을 잡았다.

"전 당신의 차를 보고 무슨 문제가 있다는 것을 알았어요."

지금 그를 무시할 수는 없었지만 조심은 해야 했다. 그는 180cm가 훨씬 넘는 키에 아주 강해 보였다. 경찰서에서 내준 팜플렛에서 본 내용이 그녀의 머리에 떠올랐다. '가해자를 잘 보아 두었다가 나중에 경찰서에서 정확하게 진술해야 한다.' 제발 나중에 이 남자에 대해 말을 해야 될 일이 생기지 않기를, 오, 하나님, 그가 나쁜 사람이 아니기를 바래요. 아이들과 나를 해치기 않기를—.

"기름이 떨어졌어요."

케빈이 말했다.

'왜 저 여자는 나를 두려워하는 걸까? 나, 야곱은 하나님이 창조하신 그 어떤 것도 고의로 해롭게 한 적이 한번도 없었는데, 내가 도움을 주고 싶어한다는 것을 보고도 몰랐을까? 아이까지도 그것을 알 수 있는데 말야.'

그는 손을 뻗어 아이의 머리 위에 올려놓았지만, 여자의 눈길을 눈치채고는, 도로 손을 거두어들였다.

"너의 오래된 차가 배가 곯았나 보구나, 그지?"

그 소년이 낄낄 웃었다.

"내 배도 고파요."

그가 말했다.

"아직 저녁을 먹지 못했거든요."

"그럼, 우리 무언가를 해야겠다. 조금 아까 주유소 한 군데를 지나쳐 왔는데."

야곱이 여자에게 말했다.

"깡통 같은 거 없죠?"

그녀가 고개를 저었다. 그녀는 떨고 있는 것 같았다.

"부인은 차 안에 들어가서 몸을 따뜻하게 해야 할 것 같습니다."

그는 돌아서서 언덕 위를 올라가기 시작하면서, 금방 지나온 길로 되돌아간다고 생각하니 한숨이 나왔다. 너무 힘들게 걸어온 길이었다. 그러나 적어도, 눈이 그치고 하늘이 깨끗해지고 있는 것이라도 하나님께 감사를 드리자.

"잠깐만요."

그녀가 그를 불렀다.

"돈이 필요하실 텐데요."

"제게 조금 있습니다."

야곱이 말했다. 그는 그 돈을 받느라고 언덕길을 도로 내려가느라 시간과 힘을 낭비하고 싶지 않았다.

그가 돌아오지 않으면 어떡하지? 아무도 없는 크리스마스 이브, 이 밖, 세상 한가운데서 날은 점점 추워지고 졸려 오고 있는데. 패티 숙모님, 올해는 크리스마스 때면 당신이 세우셨던 그 기록이 분명히 깨질 것입니다.

심지어는 응급실에서 맞는 크리스마스 아침은 비교도 안 될 것입니다. 그런 다음 그가 돌아오면? 그가 원하는 것은 무엇일까? 만일 그가 돈을 원했다면, 그는 그녀의 지갑을 빼앗아 도망가 버릴 수도 있는데, 물론 그가 차까지 빼앗아 가면 더 빨리 도망가겠지. 그러나 그녀는 그런 생각을 하지 않으려고 했다.

"엄마, 우리 노래 몇 개 부를까?"

케빈이 말했다.

"그럼 배고픈 걸 잊을 수 있을 거야."

줄리아는 그 말이 기뻤다. 그들은 그녀가 알고 있는 캐롤이란 캐롤을 잘 모르는 구절은 라라라로 해가면서 모두 불렀다. 그런 다음에는 케빈이 알고 있는 캐롤로, 그 다음에는 다른

캐롤을. 오래지 않아 그들은 언덕을 올라오고 있는 불빛을 보았다.

"여기 영광의 빛이 오네."

케빈이 말했다.

이번에 그 남자가 그녀의 창문 쪽으로 오자, 그녀는 창문을 내렸다.

"제가 기름을 붓는 동안 플래쉬를 들고 계실 수 있습니까?"

떨면서, 그녀는 제니를 차 안에 두고는 기름 탱크가 있는 쪽으로 갔다. 그는 그녀에게 자신이 들고 있던 커다란 회중전등을 그녀에게 주고, 그녀는 그가 기름을 붓고 있는 동안 잘 보이게 해주려고 애썼다.

"정말 고맙습니다."

그가 기름을 다 붓자, 줄리아가 목소리는 여전히 차가운 채로 말했다.

야곱은 그녀를 쳐다보았다. 그녀는 그에게 돈을 주고 그대로 운전하고 갈 것이었다. 그는 거의 한 시간 동안을 그들 때문에 힘을 써버렸던 것이다. 그녀가 거기에 대해 지불할 방법은 없을 것이다. 그러나 그녀는 이미 앞 좌석으로 가서 자신의 지갑을 꺼내고 있었고, 그 작은 소년은 엄마만 쫓아다니고 있었다.

"괜찮습니다"

라고 그가 말했다.

"됐어요."

그녀는 몇 장의 지폐를 그에게 내밀었다.

"아녜요. 휘발유 값은 드려야죠."

"저는, 어, 이 깡통을 돌려 줘야 하거든요. 거기까지 차를 태워 주실 수 있을까요?"

그녀가 고개를 끄덕였다.

그는 그녀의 눈을 보면서 자신이 차에 타는 것을 원치 않고 있음을 알 수 있었지만, 그러나 그녀는 그에게 그 정도보다도 더 해줘야 하지 않을까, 그는 그녀의 눈빛을 무시했다.

"얘."

그가 아이를 불렀다.

"너의 이 나이 든 말이 얼마나 잘 가는지 보자꾸나."

그가 아이를 데려다가 뒷자리에 앉히고는 안전 벨트를 묶어 주고는 자기는 앞자리에 올라 앉았다.

그녀는 지갑을 가방에다 넣고 자기도 안전 벨트를 했다. 야곱은 그녀가 지갑을 가방에 넣는 것을 보다가 그녀가 자신을 보고 있는 것을 눈치챘다. 그는 시선을 빨리 돌렸다.

"이 길을 따라 한 1.5㎞ 가면 될 것 같습니다"

라고 그가 말했다.

10분쯤 후, 그들은 불이 켜진 주유소에 도착했다. 그녀는 그 기름 캔을 직원에게 돌려 주고 차에 기름을 잔뜩 넣으라고 말했다. 그녀는 직원이 자신의 차 앞 좌석에 앉아 있는 남자를 이상하다는 듯 쳐다보는 것을 보았다. 도와 달라는 사인을 보낼까? 그러나 그건 너무 어리석어 보였다. 그 남자는 적어도 지금까지는 자신을 도와 주는 일 외에는 아무 일도 하지 않았다. 적어도 그녀는 이 꽁꽁 언 날씨에 그를 집에까지 데려다는 줘야 할 것 같았다.

"우리는 크리스마스를 같이 보내려고 패티 숙모를 데리러 왔어요."

오, 케빈, 왜 그 말을 하니?

"그래? 너의 집은 어디니? 꼬마야?"

케빈, 제발 그의 말에 대답하지 마라. 그러나 물론 유아원에 다녀서 자기의 주소까지 훤히 알고 있는 케빈은 자랑스럽다는 듯 대답했다.

"워싱턴 시, 1306 에섹스 가 노스웨스트요."

"어이구, 너 정말 똑똑하구나."

"저도 알아요."

케빈이 말했다.

어쩌면 오늘 밤 나는 워싱턴까지 차를 타고 갈 수 있을지 모르겠구나, 야곱은 속으로 생각했다. 그저 부탁만 하면 될 텐데. 그러나 그는 그 말을 입 밖에 낼 수가 없었다. 적어도 저 여자가 조금이라도 친절하게 행동했다면, 적어도 자기를 의심하지 않았다면, 그는 그녀에게 부탁했을지도 모른다. 그러나 그가 자기의 지갑이나 훔치고 아이를 다치게 할지 모른다고 생각하고 있는 사람에게 어떻게 호의를 청할 수 있단 말인가?

줄리이는 차를 움직이기 시작했고 주유소를 떠났다.

"어디다 내려 드리면 될까요?"

그녀가 물었다.

지금이야말로 얘기할 기회이다. 그녀는 어떻든 그에게 빚

이 있다, 그렇지 않은가? 그리고 아를렌느는 자기를 간절히 기다리고 있고, 심지어는 자기가 보낸 편지를 할아버지가 받았는지도 모르는 채로 있을 것이다.

"길을 가다가, 그냥 아무 데나 내려 주십시오."

그가 중얼거렸다.

그들은 서로를 만난 장소를 지나쳤지만, 그는 내려 달라는 말을 전혀 하지 않았다. 그래서 줄리아는 그대로 운전을 계속했다. 그녀는 아무데나 중간에 차를 세우고 그에게 내리라고 할 수는 없었다. 어떻게 해야 하지? 그들은 패티 숙모의 집이 환하게 빛나고 있는 것을 볼 수 있을 때까지 계속 갔다. 패티 숙모는 집에 와있었다. 이 작은 축복에도 하나님께 감사한 생각이 들었다.

"여기가 패티 숙모네 집이에요."

케빈이 그 사람에게 말했다.

"그러니?"

애들을 차에다 그냥 낯선 사람과 두고 어떻게 패티 숙모를 모시러 가는가 하는 문제는 저절로 풀렸다. 패티 숙모가 문밖에 나와 있었던 것이다. 그녀는 줄리아의 차를 보자,

"도대체 어디에 있었던 거니? 너 때문에 내가 좋아하는 음악시간을 놓치고 있잖아"

라면서 화를 냈다.

줄리아가 상황 설명을 하기 위해 입을 열었을 때 그 남자가 차에서 내렸다. 그는 거기에, 별이 총총히 빛나는 겨울 하늘을 등진 채, 그 큰 키를 세우고 서있었다.

"아이쿠!" 패티 숙모가 고함을 질렀다.

"무슨 일이니?"

"그는 천사예요. 숙모님. 우리의 크리스마스 천사요."

케빈이 말했다.

"바보 같은 소리 말아라, 케빈."

숙모가 팩하고 말했다.

아! 그러나 정말 나야말로 바보 같지 않았는가! 줄리아는 모든 두려움이 다 사라지자 자신과 또 그렇게 말한 숙모에게 화가 조금 났다. 어떻게 숙모는 그 말을 바보 같다고 할 수 있는가?

그래, 그 남자는 정말로 천사였다. 그녀는 앞 좌석에서 몸을 길게 빼면서 그에게 큰 소리로 말했다.

"뒷좌석에 아이하고 끼어 앉으셔도 괜찮으시겠어요?"

어둠 속에서도 그녀는 그가 미소 짓는 것을 볼 수 있었다.

"타세요, 숙모님."

그녀가 말했다.

"그렇지 않으면 좋아하는 음악시간을 다 놓치고 말 거예요."

길을 조금 내려가다가 그녀가 그에게로 몸을 돌리고 물었다.

"어디까지 모셔다 드릴까요?"

"저도 워싱턴까지 가야만 합니다."

그가 말했다.

"어, 정말!"

케빈이 놀라서 소리질렀다.

"그렇다면 우리하고 같이 교회도 갈 수 있어요. 우리는 살아 있는 천사는 본 적이 없거든요."

그가 아이의 무릎을 툭툭 쳤다.

"이번에는 안 되겠구나. 나는 외로운 손녀를 보러 가야 한단다. 이 크리스마스를 그 애하고 보내야 하거든."

"천사들은 정말로 바쁜가 봐요, 그렇죠?"

야곱이 차 안이 가득 차도록 큰 소리로 웃어 댔다.

"그렇구나. 우리는 항상 바쁘단다. 그러나 즐거운 일을 하느라 말이다."

패티 숙모가 그 말에 아마도 '바보같이' 라는 말을 한 것 같긴 하지만 줄리아는 그 말에 신경 쓰지 않기로 했다. 그리고 이제부터 진짜로 완전한 크리스마스를 위해 가는 것이다.■

(캐더린 패터슨)

# 해피 크리스마스!

제니와 데이비드는 크리스마스 일주일 전 일요일이면, 아주 굉장한 크리스마스 파티를 열곤 했다. 그들은 데이비드나 제니의 가족 모두를 초청했는데, 그들이 편한 시간에 자유롭게 오게끔 하기 위해 성대한 뷔페로 준비를 해놓았다. 집은 보통 시골에서 야생으로 자라는 것을 걷어 온 크리스마스 장식용 작은 열매가 달린 서양 감탕나무와 담쟁이로 잘 꾸며 놓았다.

크리스마스 트리에도 뭔가 특별한 것이 있었다. 솜씨 있게 만든 리본과 천사들, 종이꽃, 그리고 비싸 보이지 않는 선물 꾸러미들. 그러나 그 트리 어딘가에는 데이비드와 제니 같은 사랑스럽고 생각이 깊은 부부가 그들에게 정성을 쏟아서 마련한 선물이 있음을 모두들 알고 있었다.

세월이 지나 그런 크리스마스를 정확히 다섯 번 지내면서도, 그녀가 깨끗한 부엌에서 손님들의 감사 인사를 들으면서 서있는 것도 변함이 없었다. 데이비드의 첫 번째 부인은 그런 일을 한 번도 한 적이 없었다. 이웃에 사는 사람 중에서 그 누구도 초청 같은 것을 받아 본 적이 없었다. 그녀는 너무 거만해서 가족들을 괴롭힐 정도였다.

사실 파티를 하면 그 모든 일이 다 제니의 몫이었다. 그렇게 힘들게 보이지 않았어도 그것을 계획하고 준비하고 시장을 보고 음식을 만들고 하는데 거의 몇 주, 아니 몇 달이 걸리는 일이었다. 데이비드는 그녀가 냉장고를 하나 더 사자고 얘기했을 때 조금 투덜댔었다. 하지만 산 만큼 많은 민스파이(건포도, 설탕, 사과, 향료 따위에 잘게 저민 고기를 섞어 만듬)와 맛있는 요리를 만드는 모습을 보지 못했기 때문에 그런 말을 할 수 있었던 것이다.

그는 자기가 직장에서 일하고 있는 동안이나 출장 가있는 동안에, 제니가 부엌에서 얼마나 많은 수고를 하는지 몰랐다. 아마 절대로 몰랐을 것이다. 그녀는 아름답고 이기적이었던 전부인 다이아나하고는 많이 달랐다. 그리고 그녀의 아들인 티미는 천사같이 착한 아이였다. 다이아나의 딸인 알리슨같이 위험하고 파괴적인 아이는 아니었다.

제니가 알리슨을 처음 만났을 때, 그 애는 아홉 살로, 자연스런 곱슬머리가 얼굴을 온통 덮고 있는 아주 예쁜 아이였다. 그러나 그 애는 정중함이나 예절하고는 거리가 먼 아이였다.

"그거 얼마짜리예요?"

제니의 새 드레스를 보더니 알리슨이 물었다.

"왜 그걸 알고 싶은 건데?"

제니는 처음부터 정신이 번쩍 났다.

"누가 알아봐 달라고 해서요."

알리슨이 그게 뭐 큰 문제냐는 듯이 어깨를 으쓱하며 물었다.

"너의 엄마가?"

제니는 그 말을 하자마자 입술을 깨물었다.

"세상에, 엄마는 그런 일에 관심도 없어요."

그 애가 말하는 식은 그랬다. 제니는 그 말이 거짓말은 아니라는 건 알았다. 예쁘지만, 게으른 다이아나는 정말로 관심이 없었을 것이다.

"그러면 누군데?"

"친구가요. 내 친구 중의 하나가 그러는데 당신은 우리 아빠의 돈 때문에 결혼했다고 하더라구요."

정말로 더 이상 좋은 말은 들을 수 없었다.

그 애가 열 살이 되었을 때, 알리슨은 주말을 그들하고 같이 보내려고 왔었는데, 제니의 옷마다 입어 보고 그녀의 화장품을 다 발라 보는 것이었다. 만일 그녀의 립스틱 하나라도 온전한 것이 있고, 옷 중 하나라도 화장품으로 엉망으로 해놓지 않은 것이 있다면 그렇게 상관하지도 않았을 것이다.

"그 앤 그냥 입어 보려고 했을 뿐일 거야. 왜 꼬마 숙녀들은 그러잖아."

그렇게 말하는 데이비드의 눈은 그 애를 변호하고 있었다.

제니는 의붓자식과의 다툼에서 먼저 지지는 않아야겠다고 결심했다. 그녀는 웃으면서 그 일을 받아들였고 옷은 세탁소에 다 보냈다. 알리슨이 열한 살 때, 티미가 태어났다.

"피임약 먹는 것 잊었나 봐요?"

그녀는 제니와 데이비드가 방에서 나오자, 그렇게 물었다.

"우리는 아기를 원했단다, 알리슨. 너의 엄마와 아빠가 너를 갖기를 원했던 것과 같아."

"오, 그래요?"

그렇게 알리슨이 말할 때, 제니의 가슴은 납덩이를 단 것처럼 무거웠다. 사실 데이비드보다 그녀가 아기를 더 원했기 때문이다. 어떻게 이 고집스런 의붓딸은 제니가 그랬다는 것을 알아 낸 것일까?

열두 살 때, 알리슨은 학교에서 퇴학을 당했다. 상담교사가 말하길 그 애는 아빠가 자기를 거부했다는 감정을 가지고 있으니, 아빠하고 더 많은 시간을 보내야만 한다는 것이었다.

데이비드는 직장에서 일을 해야 했고, 제니 또한 일을 하고 있었기 때문에 그들은 티미하고 보내는 시간을 소중히 여기고 있을 때였다.

그런데 그 애가 집에 돌아왔고 가족으로 같이 지내게 되었다. 항상 부루퉁해 있고, 하품이나 해대고 아무것도 하지 않고, 모든 일을 비판만 하는 알리슨이 집에 와서 오래 머물게 된 것이다.

알리슨이 열세 살 때, 그 애는 더 이상 그들 가까이에 있고 싶어하지 않았는데, 그것은 사실 알리슨이 자기를 거절했다는 생각으로 섭섭해하는 데이비드만 빼고는 다른 사람한테는 오히려 잘된 일이었다. 그녀는 동료들에게 왜 그렇게 의붓자식 키우는 방법에 관한 책이 많은가를 알 수 있겠다고 슬픈 듯이 말하면서 그 책들을 모두 읽었다. 그러나 어느 책도 알리슨 같은 아이를 대하는 방법에 대해서는 써있지 않았다.

알리슨이 열네 살이 되었을 때, 그녀의 엄마인 다이아나가 죽었다. 갑자기 생각지도 않았는데 위험하지도 않은 수술을 하고 난 후였다. 데이비드는 알리슨을 사립 기숙학교에 보냈다.

"아빠, 이젠 나를 가질 수가 있을 거예요"

라고 말했다. 그 말을 들은 데이비드는 마치 그 애가 자신을 이리저리 돌릴 수 있는 짐처럼 생각하는 것 같아 가슴이 찢어지는 줄 알았다고 말했다.

제니는 마흔도 되기 전에 죽은 다이아나에 대해 생각해 보지 않을 수가 없었다. 한번도 제대로 살아 보지도 못하고 그렇게 가다니. 사실 그 전에 그녀는 알리슨에 대한 생각을 자기의 머리 한구석으로 밀어 놓았었다. 그러나 계속 그 애와 이렇게 산다면 모든 가족의 안정된 생활은 망쳐 버리리라는 것을 알았다. 이런 식으로 하면 절대로 우리들은 끝까지 행복해지지도 않고, 아무도 황혼에 손에 손을 잡고 걸어가면서 영원한 우정을 맹세하지 않게 될 것이다.

제니는 데이비드를 위해, 또 이상하게 들리겠지만 그녀가 두려워했고 잘못 생각하고 있던 죽은 다이아나를 위해서도, 알리슨을 위해 무언가를 해야 했다. 만일 제니가 젊어서 죽은 뒤 다른 여성이 티미를 돌봐 주면서, 그 애를 위해 살아 준다면 얼마나 고마울 것인가.

그녀는 그 전의 크리스마스에서는 생각할 수 없을 만큼 고되게 일했다. 때때로 그녀는 아침 일찍 바보같이 일어나곤 했다. 데이비드가 아침을 먹으러 내려와 보면 부엌은 깨끗이 정리되어 있음에도, 요리하는 냄새가 진동하는 것을 맡을 수 있었다.

"당신 우습고도 귀여운 사람이네."

그가 그녀를 꼭 껴안으면서 말했다.

제니는 우습지도, 귀엽지도 않았다. 그녀는 자신을 철저히 보고 있는 것이었다. 그녀는 다이아나같이 가냘프지는 않았지만 키가 컸으며 자신의 가족과 일에 대해 굉장히 진지했다.

파티를 제대로 해보겠다는 게 왜 우스운 사람의 행동이란 말인가? 그는 그녀에게 자신이 얼마나 크리스마스 파티를 사랑했는지, 항상 이 일 저 일을 축하하기 좋아했었지만, 다이아나는 귀찮은 것을 싫어했기 때문에 그럴 수 없었다고 말했다. 그러나 제니는 그렇지 않았다.

알리슨은 그녀가 생각했던 날보다 하루 일찍 왔다. 제니가 일에서 돌아와 보니 알리슨은 제니가 정성들여 만들어 놓은 전채요리의 반을 먹고 있었다. 하나하나 만드는 데 3분씩은 걸린 것인데, 먹는 데는 1초도 걸리지 않은 것 같았다. 제니는 그것을 60개 정도 만들어서 얼리기 전에 식히려고 밖에 두었다. 말하자면 거기에는 그녀의 3시간의 인생이 담겨 있었던 것이다. 그녀는 알리슨을 조금 화가 난 눈으로 쳐다보았다.

알리슨이 온통 얼굴을 가린 머리카락 사이에서 위를 올려다보았다.

"나쁘진 않네요. 나는 당신이 직장 여성으로서만 유능한 줄 알았더니 음식도 잘하시네."

제니의 얼굴은 분노로 새하얘졌다.

알리슨까지도 눈치를 챘다.

"저녁으로 먹을 게 하나도 없었거든요, 그렇잖아요?"

그녀가 짐짓 미안해 하는 척 하며 말했다.

제니는 책에서 권하는 대로 깊이 숨을 들이쉬었다. 너무 깊이 들이쉬어 그녀의 발가락까지 닿는 것 같았다.

"어서 오너라, 알리슨. 그것들은 저녁으로 먹기 위한 것이 아니었단다…물론 아니지. 파티를 위해 만들었던 거였어."

"파티요?"

"그래, 일요일에. 우리에게는 가족이 있잖니, 전통으로 해오던 일이잖아."

"전통이 되려면 삼사 년 이상은 돼야 하는 거 아닌가."

알리슨이 말했다.

"이번이 우리가 같이하는 여섯 번째 크리스마스란다. 그래서 나는 전통이라고 느꼈지."

그녀는 자신의 구두 한 쪽을 벗어 그 뾰족한 끝으로 알리슨을 때려 주고 싶었다. 그러나 그것은 미숙하고 역효과만 줄 뿐이었다.

제니가 알리슨을 빼고 이번 크리스마스를 즐길 방법은 없었다. 그녀가 노력해야 할 일은 알리슨을 가족으로 포함시켜야 하는 것이다. 그녀는 사람들이 말하곤 하던 구절—그게 뭐였지?—을 기억하려고 했다. '손해의 한계' 였던가? 그녀는 그 말의 의미를 몰랐다. 그것은 당신이 할 수 있는 것을 유보하는 어떤 것이었던가? 가끔 그녀는 직장에서도, 어떤 일이 굉장히 비윤리적이라고 생각은 하면서도 행동을 통해 거기에 맞는 마음이 되도록 내버려 두면, 욱하고 냉정을 잃는 것을 막아 줄 수 있는 것을 알고 있었다.

그녀는 알리슨이 자기를 흥미롭게 쳐다보는 것을 보았다.

"그래요? 내 생각에도 6년은 전통이네요."

알리슨이 마치 자기가 공정해지려고 다투는 것같이 동의했다.

알리슨에 대한 한 줄기 연민이 싫어하는 마음과 분노의 안

개 사이로 피어나기 시작했다. 그러나 제니는 화를 누르고 계속 말했다.

"파티에 말야, 너의 엄마의 친척으로 몇 분을 초대하는 것이 어떨까?"

알리슨이 못 믿겠다는 표정으로 그를 보았다.

"여기에 초대한다구요?"

"그래, 이건 너의 집이야, 그들은 너의 친척이고. 우리는 가족들의 크리스마스로 만들고 싶단다. 그들도 여기 온다면 우리 모두는 매우 행복할 거야."

"무엇 때문에요?"

"누구든지 크리스마스에는 같은 지붕 아래 살고 있는 사람들이 서로에게 행운과 우정을 빌어 주는 것과 같은 이유란다."

제니는 자신의 목소리가 딱딱해지지 않기를 바랬지만, 그녀의 날카로움이 커지고 있음을 느낄 수 있었다.

그녀는 너무 신경을 써서 만들어 놓았던 카나페 접시를 보지 않으려고 했다. 지금은 빵가루와 토막들만 남아 있었다.

"사람들이 크리스마스 파티를 하는 이유는 그게 아니라 자랑하고 싶어서죠."

알리슨이 말했다.

제니는 신발을 벗어서 테이블에 놓고는 손을 뻗어서 섬세하게 마무리를 해놓은 패스추리를 집어 먹었다. 맛이 아주 좋았다.

"그렇게 생각하니?"

제니가 알리슨에게 물었다.

"생각하고 있는 게 아니라 그렇게 알고 있어요."

제니는 머리 속에서 얼른 계산을 했다. 이제 열네 살인 알리슨은 열여덟 살이 될 때까지 그들하고 같이 있어야만 한다. 운이 좋다면, 학교에서 그녀가 쫓겨나지 않는 것이다. 그래서 그들이 같이 지내는 시간은 학교가 방학할 때뿐이니, 네 번의 부활절, 네 번의 여름, 그리고 네 번의 크리스마스, 네 번의 추수 감사절뿐이다. 티미는 이 변덕스럽고 우울한 소녀의 그늘에서 자라날 것이다. 그는 그때 일곱 살이 될 것이다.

그녀는 부엌에 앉아 있는 이 호전적인 소녀 때문에 아름답고 즐거운 시간들을 보내지 못할 것이다. 그녀는 만일 직장에서 문제가 생겼다면 무엇을 해야 할지 알았을 것이다. 그러나 이 문제는 그녀가 잘 풀어 갈 수 있는 종류의 일이 아니었다. 그녀는 이 불만에 가득 찬 소녀에게 행복이란 살아가면서 자신이 만들어 가는 것이라는 것을 말해 줘야겠다고 생각했다.

그러나 제니는 10대의 소녀들이란 나이 든 여성이 말하는 그런 종류의 고통을 나누려 하지 않는다는 것을 잘 알고 있었다. 알리슨 나이의 아이들은 어깨만 으쓱하면서 물을 것이다. 누가 뭐래요?

그녀는 알리슨하고 우정의 끈을 맺을 수 있는 기회가 언제 있을까를 생각했다. 그녀가 피로써 영원히 변치 않음을 맹세

해야만 할까?

그러나 슬프게도, 제니는 알리슨의 학교 성적표를 기억했다. 성적표에는 알리슨의 친구들은 모두 즐거워하는 학교의 어떤 행사에서든지 알리슨은 항상 원망만 하고 있다는 점이 강조되어 있었다. 그 애의 그 고귀한 척하는 교만함은 다른 사람에게 제대로 먹혀 들고 있지 않았던 것이다.

그녀는 다섯 번째 카나페를 먹으면서, 그 카나페야말로 저번 날 아침에 시간을 들여 만든 것임을 생각했다. 금방 데이비드가 집에 올 것이고 평화로운 저녁을 보내고 싶어할 것이다. 심지어 그녀는 집에 온 후로 사랑하는 티미도 보질 않았다.

지상의 모든 가족들이 크리스마스를 준비하고 있었고 그들 중의 몇몇은 긴장 속에 서로를 보겠지만…그러나 어떤 가족도 알리슨 같은 애를 포함하고 있지는 않다. 시한폭탄 같은 아이. 기나긴 5년 동안, 언제 터질지 몰라 항상 위험했던 아이.

그녀는 알리슨의 짐이 이곳저곳에 흩어져 있는 것을 보았다. 그녀는 데이비드와 의논해서 알리슨의 모든 것을 그녀 방에 두어야겠다고 생각했다. 아참, 그녀 방이라구! 제대로 치워 놓지도 않고 한창 어질러져 있는데.

사실, 거기는 박스로 가득 차있었으며, 더 심한 것은 전나무 솔방울과 호랑가시나무의 어린 가지가 든 큰 종이가방까지 있었다. 만일 그 애가 그 방을 보고 자신이 환영받지 못하고 있고 그래서 쓸모없다고 느낀다면 모두 제니의 잘못이었다. 그녀는 환영의 표시로 그 많은 옷걸이들을 그냥 두고 꽃

병에 한두 송이의 꽃을 꽂아 두려고 했었다….

제니가 어떻게 접근해 오든 모든 방법을 알리슨 스스로 거절해 오고 있었지만, 제니는 침묵을 지켜 왔다. 알리슨은 제니의 말수가 적어진 것을 눈치챘다. 그녀의 눈이 알리슨을 따라가다가 그 짐에 머물렀다.

"저 짐들을 빨리 치우길 원하시죠?"

알리슨은 특별히 불유쾌한 고문자를 만난 순교자의 목소리를 냈다.

"네 방 이야긴데…."

제니가 시작했다.

"방문 꼭 닫고 있을게요."

알리슨이 투덜댔다.

"아니, 그게 아니고…."

"그리고 음악 볼륨도 낮출게요."

눈을 굴리면서 그녀가 말했다.

"알리슨, 내 말은 그게 아니라…."

소녀는 가방을 메고 투벅투벅 걸어서 침실 앞에서 멈추었다.

"아니 세상에 도대체 어떻게 된 거예요? 이것들이 뭐예요?"

제니는 너무 피곤함을 느꼈고, 울음이 나올 것 같았다.

"난 단지 왜 이렇게 되었는가를 설명하고 싶었어…."

그녀는 기운이 빠진 목소리로 말했다.

알리슨이 안으로 들어가서 모든 준비물들을, 축제의 크리스마스를 위한 장식물들과 부속물들을 서서 둘러보았다. 그녀는 전나무 솔방울을 들고 냄새를 맡아 보았다. 그녀의 눈이 마치 이 모든 것을 이해할 수 없는 것처럼 방 전체를 둘러보았다.

"우리는 네가 내일 오는 줄 알았단다."

제니가 사과했다.

"그렇다면 내 방을 꾸며 놓으려고 했군요."

알리슨의 목소리가 약간 쉰 듯 들렸다.

"그래, 뭐, 네가 하고 싶은 대로 하려고…."

제니는 당황해했다.

"이걸 다 써서요?"

알리슨이 그녀를 돌아보았다.

제니는 입술을 깨물었다. 그 방에 있는 물건들은 아마 이 3층집을 장식해도 좋을 만큼 충분히 있었다. 그 아이는 그 모든 것이 자신의 침실을 위한 것이라는 것을 믿을 수가 없었을 것이다.

그러다가 제니는 한눈에도 알리슨의 얼굴이 빛나고 있음을 알았다. 제멋대로 풀어 헤쳐진 머리, 부루퉁한 입의 얼굴과 키가 크고 팔다리가 여윈 그 모습을 보니, 그 애는 아이에 불과했다. 난생 처음으로 장식이 되어 있는 방을 가지게 된 엄마 없는 아이.

최고의 판단과 좋은 책은 오랜 시간과 현명하게 계획을 세운 결과에서 나오는 것이 아니라 우연히 온다고 책에서도 항상 말하고 있지 않은가.

"그래, 그것들을 다 사용해서 말이다. 내 생각에 우리 둘이 같이 멋지게 장식할 수 있을 거 같아. 너를 환영하는 의미에서 방을 장식하려고 했어. 그런데 벌써 네가 여기 와있으니…
아마도….”

“그럼 내가 도울 수 있을까요?”

알리슨이 눈을 빛내면서 말했다.

이건 영원히 계속되는 것이 아니고, 잠깐 동안만일 거야, 제니는 그것을 알았다. 그녀 앞에 놓인 길은 영화에서 보는 것같이 갑자기 부드럽고, 반짝반짝하는 빛으로 빛나지 않는다는 것을. 그래, 그들은 서로를 껴안지는 않을 것이다. 그러나 일단 조금은 지속될 것이다. 아마도 파티나 크리스마스 내내.

그녀는 자기를 찾으려고 아들이 달려오는 소리를 들었다.

“엄마, 어디 있어요? 왜 집에 와서 나도 보지 않는 거야?”

그녀는 아들을 팔에 안았다.

“난 지금 집에 온 누나를 맞이하고 있단다.”

차마 알리슨의 얼굴은 볼 엄두는 못 내고 그녀가 말했다.

알리슨이 몸을 기울이더니 담쟁이 잎으로 티미를 간지럽히며 말했다.

“해피 크리스마스, 귀여운 꼬마 동생아!” ■ (메이브 빈치)

# 옮기고 나서

크리스마스, 일년을 거의 다 보낸 후에 맞게 되는 최대의 휴일로, 미국에서는 크리스마스 선물들을 하기 위해 몇 달 전부터 저축을 하며 준비를 하는 것이 보통이다. 추수감사절이 끝나는 11월 마지막 주부터는 크리스마스 트리와 장식들로 백화점과 mall과 집들이 화려하게 꾸며진다.

그러나 크리스마스가 최대의 명절로 그냥 선물만 주고 받으며 보내지는 것이라면 무슨 의미가 있겠는가. 이 좋은 날이 특별한 것은, 예수님이 우리를 위해 이 세상에 오신 그 큰 뜻을 감사한 마음으로 생각하며, 떨어져 살던 가족들과 친구들과 이웃들이 만나, 그 사랑을 다시 나눌 수 있게 되는 것에 그 의미를 찾아가는 것에 더 큰 의의가 있지 않을까.

여기에 우리들에게 크리스마스의 뜻을 살려 주는 따뜻하고 진솔하고 잔잔한 감동으로 채워진 일곱 가지의 이야기가 있다. 읽을수록 그 깊은 맛이 자꾸 피어나는 우리들의 삶의 이야기들이다. 이 이야기를 옮기면서 당연히 있는 것으로 알아서 감사할 줄 몰랐던 가족들과 내 주위의 사람들에게 마음속에만 두고 나타낼 줄 몰랐던, 감사와 사랑을 전해야겠구나 하는 생각이 들었다.

무엇보다도, 올해의 크리스마스는 예기치 않았던 시련을 겪으며 여러 가지로 큰 상처를 받았던 사람들에게 따스한 위로가 전해질 수 있는 시간이 되었으면 싶다. 그리고 새해로 나서기 위한 큰 디딤돌이 될 수 있었으면 한다.

이 책을 읽는 모든 독자분들이 크리스마스의 의미를 다시금 생각해 보는 시간을 가지실 수 있었으면 싶다.

1998년 11월
서로에게 사랑을 전하는
따뜻한 크리스마스를 맞으시길 바라며

옮긴이 이정옥은
연세대 국어국문학과를 졸업하고
미국 일리노이 주립대에서
컴퓨터 사이언스로 학사와 석사학위를 받았다.
현재는 출판업에 종사하고 있으며
역서로는 사랑 나누기, 삭개오 이야기 등이 있다.

사랑을 전하는
크리스마스 이야기

초판1쇄 발행일 1998년 11월 30일

지은이 캐더린 패터슨 외
옮긴이 이정옥
펴낸이 이정옥
펴낸곳 **평민사**
주소 서울특별시 서대문구 남가좌2동 370-40
전화번호 (02)375-8571(영업), 375-8572(편집)
팩시밀리 (02)375-8573
등록번호 제10-328호

값 6,000원